Chris Kraus

Scherbentanz

Roman

Frankfurter Verlagsanstalt

1. Auflage 2002
© Frankfurter Verlagsanstalt GmbH,
Frankfurt am Main 2002
Alle Rechte vorbehalten
Schutzumschlag und Einbandgestaltung:
Bertsch & Holst
Herstellung: Thomas Pradel, Frankfurt am Main
Satz: Fotosatz Reinhard Amann, Aichstetten
Druck und Bindung: Clausen & Bosse, Leck
Printed in Germany
ISBN 3-627-00090-0

1 2 3 4 5 – 06 05 04 03 02

Wenn du am Boden bist,
bist du auf dem Weg
nach oben.

William C. Burroughs

— 1 —

Sie hatten mich angerufen. Und wie. Fünf Stunden später kam ich in Mannheim an. Mitten in der Nacht.

Mein Bruder holte mich am Bahnhof ab. Wer ihn nicht kennt, hätte ihn kaum für nervös gehalten.

Wir begrüßten uns, ohne viel zu reden. Ich hatte nur den Aluminiumkoffer dabei. Medikamente. Spritzbesteck. Alles drin. Mein Bruder trug ihn für mich hinüber zum Wagen, den der Chauffeur, ein kleiner, schweißnasser Kerl, Tür für Tür öffnete. Er starrte mich an, als hätte er noch nie einen Mann im Rock gesehen.

Der Jaguar gehörte meinem Vater. Innen war es zu kühl für mich. Wir schalteten die Klimaanlage aus, nahmen die Hitze der Nacht mit auf die Rückbank und saßen warm und weich wie auf Eingeweiden. Die Lichter der Stadt huschten an den getönten Scheiben vorbei.

Mein Bruder rutschte in seiner Ecke herum und marterte Erdnüsse. Ich hatte mir die Leseleuchte angeknipst und hing über dem blauen Buch von Seneca, das ich immer bei mir trage.

Ich war gerade in dem Kapitel über die Gemütsruhe und dachte über die Stelle nach, in der die Ursachen der Traurigkeit untersucht werden.

»Wie lange haben wir Mama nicht gesehen?« fragte Ansgar.

»Was?« sagte ich.

»Zwanzig Jahre?« fuhr er fort, und erst dann warf er mir einen Blick zu.

»Ziemlich«, nickte ich.

»Irgendwann mußte das ja passieren.«

Eine Erdnuß zersplitterte zwischen seinen Kiefern.

»Wenn du ...«, fing er an, aber dann sagte er eine Weile nichts mehr, sondern konzentrierte sich aufs Kauen.

»Was?« wollte ich wissen.

»Naja, ich bin froh, daß du da bist!«

Er bot mir sein Erdnußtütchen an, aber ich hatte keinen Appetit.

Seneca behauptet, die Ursachen der Traurigkeit lägen in uns selber.

Wir bogen Richtung Ludwigshafen ab und rollten über den Rhein, in dem sich die Sterne kräuselten, denen wir so unausdenkbar gleichgültig sind und deren listiges Kräuseln mit uns nichts zu tun hat. Ein paar schaukelnde Schiffsbojen schnitten sich ins Bild, und mir fiel ein, daß ich früher mal Pirat werden wollte.

»Hör mal, Jesko«, sagte Ansgar. »Papa ist ziemlich durch den Wind. Wenn er mit dir spricht, versuch nett zu sein. Sag nichts, was ihn irgendwie ärgern könnte. Leg dich mit niemand an. Tu es mir zuliebe.«

Ich war einverstanden.

»Und komm nicht wieder mit irgendeinem abstrusen Scheißthema, das allen den Nerv raubt! Was war das neulich?«

»Die arktischen Eisschelfe?«

»Genau. Auf keinen Fall arktische Eisschelfe erwähnen!«
»Ich versuch drumrumzureden!«

Ich kurbelte das Fenster herunter, um dem Rhein den Bronzeton zu nehmen. Gleich wurde er silbern und hart, und ich kniff die Augen zusammen, wegen des Fahrtwindes.

Ein Containerschiff glitt unter dem Mond durch. Als wir auf gleicher Höhe waren, erkannte ich am Bug die Silhouette einer dicken Frau, die ihr Baby am Oberdeck entlangbalancierte, indem sie sich mit der freien Hand an einer Art Laufleine voranhangelte. Sie blieb plötzlich stehen, zwei Meter über der Gischt, hob den Kopf und lächelte der Limousine zu, aus der ich herausschaute. Die dicke Frau ließ die Laufleine los und deutete auf den Jaguar, und an ihrem wie ein Sekundenzeiger vorrückenden ausgestreckten Arm konnten sowohl ich als auch das Baby sehen, mit welcher Geschwindigkeit wir uns voneinander entfernten.

Dann erst erkannte ich, daß Mutter und Kind an einem Container lehnten, auf dem der Name meiner Familie stand. Solm Zement AG stand da. In weißen Druckbuchstaben. Ich konnte es gerade noch entziffern. Die Nacht war hell, aber so hell auch wieder nicht, und schon knickte die Straße weg, und die Frau und der Säugling und das Schiff und der Fluß waren verschwunden. Für einen Herzschlag dröhnte die Solm Zement AG durch die vergangenen dreiunddreißig Jahre meines Lebens, die weder mit Solm noch mit Zement allzuviel zu tun hatten.

Ich leckte den Wind aus meinem Zahnfleisch, schaltete die Leseleuchte aus, schloß das Fenster.

Wir hielten. Der Chauffeur wetzte los, um Ansgar die Tür aufzureißen. Ich kam ganz von alleine raus, ohne mir die Knochen zu brechen. Ich nahm meinen Koffer und blickte mich um.

Ich glaube, Heimat kann eine ziemlich endlose Fläche sein, eine bösartige Wüste, durch die du stapfst, ohne jemals anzukommen. Heimat kann überall aufplatzen, egal wo du dich aufhältst. An den Schmerzen erkennst du, ob du zu Hause bist. Nicht am Türschild.

Wir standen vor der Festung meines Vaters, die sich zum Ufer des Kolgensees hinunterneigt. Der See dampfte noch von der Hitze des Tages. Lichterketten zeichneten den benachbarten Badesteg ab, und ganz hinten brannten Grillfeuer kleine, flackernde Löcher in den Horizont.

Die Festung scheint Ähnlichkeit mit einer Walmdachvilla aus den Siebzigern zu haben, ich will das gar nicht bestreiten. Dennoch haben tausend Kubikmeter Stahlbeton, eine Alarmanlage, schußsicheres Fensterglas und gußeiserne Gitter im Erdgeschoß (mit eingeschmiedeten Eichhörnchen, dem internationalen Symbol für Wachsamkeit) gründliche Maßstäbe gesetzt. Ich sah, daß neuerdings eine chinesische Holztür dem Eingangsbereich die Strenge nehmen sollte. Sie war gelb angestrahlt und stand sperrangelweit offen. Gäste quollen in unseren Garten, auf ein erstklassiges Streichquartett zu. Es waren die typischen Gäste meines Vaters, Geschäftsleute, Poser und Fops. Die Frauen trugen Jil Sander und die Männer McAnzüge.

Auch hier starrten alle meinen Rock an.

Ich bewunderte die Mücken, die ganz gelassen blieben

und das viele Managerblut verputzten, als wären es ganz normale Wirtstiere, die sie aussaugten, dabei war hier keiner ohne Mercedes gekommen.

Bevor ich ein falsches Gesicht machen konnte, wurden wir zum Seiteneingang geführt, und dann ging es eine Weile durch unsere Flure und schummrigen Gänge. An den Wänden hingen die Fotos meiner baltischen Vorfahren. Daneben alte Stiche von Riga, Kurland, Mitau. Zwischendrin eine Schwarzweißaufnahme, auf der stand: MG-Kompanie des Baltenregiments vor der Schloßruine von Wesenberg. Hier sah man keine Gäste mehr, nur Polizisten, die versuchten, wie Gäste auszusehen.
Ein Kriminalbeamter in C&A-Hose und mit einem Muttermal am Kinn filzte mich unauffällig, aber gewissenhaft. Er wollte wissen, wer Seneca ist.
Ich sagte, daß er Finanzbeamter gewesen war und Rechtsanwalt und leicht kränkelte. Der Typ gab mir das blaue Buch zurück und zuckte mit den Ohren. Das sah toll aus. Ich wollte ihn fragen, wie er das machte.
Aber dann fragte ich ihn doch nicht.
Ich steckte mir Seneca wieder in den Rock und folgte meinem Bruder, der bereits die Tür aufgemacht hatte.

Wir betraten die Garage. Eine in die Festung integrierte Garage, der Fuhrpark direkt mit den Gemächern verbunden. Atlantikbunker. Deutsche U-Boot-Flotte. Solm Zement AG vom Feinsten. Das etwa geht einem durch den Kopf. Die Decke hält einem Explosionsdruck von 8000 Tonnen Trinitrotoluol stand. Das ist eine halbe Hiroshimabombe. Das Garagentor sieben Meter breit und aus Stahl.

Vor mir glänzte ein dunkler Geländewagen. Der Rest der Flotte (die Limousine und noch was Kleines) war weg.

Ein paar Männer drehten sich uns zu. Sie wippten mit ihren Schuhspitzen auf dem Estrich, und einer schlug Fliegen tot. Die Hitze drang nicht durch den Beton. Mit sehr viel Phantasie hörte man von draußen ein paar Takte Mozart und Partygesäusel.

In einer Ecke, der sogenannten Hobbyecke, schwach beleuchtet von zwei Neonröhren, stand eine Tischtennisplatte.

Auf der Platte lag meine Mutter.

Ich erkannte sie sofort, obwohl sie an den Händen gefesselt war. Aus ihrer Nase floß Blut auf die Seitenlinie. Ich konnte nicht sehen, ob ihre Augen geschlossen waren. Zu viele Schatten, unter anderem von einem Sanitäter, der ihr behutsam den Rücken tätschelte.

Mein Vater saß auf dem Bänkchen neben der Platte. Leise sprach er mit einem Politiker, den ich schon mal im Fernsehen gesehen hatte.

Gebhard erhob sich, als er uns sah. Aber er erhob sich nicht anders als sonst im Büro, wenn er noch in irgendwelchen Papieren kramte, nachdem man eingetreten war. Er umarmte mich mit einem Arm. Der andere Arm war verbunden und hing unglücklich herab.

»Gut, daß du gekommen bist, Jesko. Meinst du, da oben hat jemand was gemerkt?« fragte er.

»Wovon?« krächzte ich.

Er zeigte mit dem verbundenen Arm auf meine Mutter.

»Sie hat versucht, mir die Kehle durchzuschneiden! Und sie hat sich als Gräfin ausgegeben!«

Es war nicht klar, was von beidem er empörender fand. Sein Tonfall klang gepreßt. Er hatte Schluckauf, zwang ihn aber hinab. Ich hörte nur ein kleines, inspiratorisches Geräusch. In Anwesenheit Fremder hickst er stets so, daß man es nicht merkt. Es sind Beben einer unsichtbaren Geographie, so fern, als würden sie unter ihm stattfinden. Solange ich denken kann, wird er davon geplagt. Selbst im Schlaf. Oft während eines Gelächters.

Früher hat er vor wichtigen Aufsichtsratssitzungen, bei denen er sich kein Hicksen leisten durfte, schon in Anzug und Krawatte an der Haustür lehnend, seinen Rachen hastig mit einem atropingetränkten Tampon ausgepinselt. Atropin, das Gift der Tollkirsche, hat zwar Erfolg gegen die Fährnisse des Zwerchfells. Es lähmt jedoch auch Teile des Nervensystems, die man bei Aufsichtsratssitzungen nicht missen möchte. Oft suchte mein Vater daher die Toilette auf (häufiger als andere Menschen), nahm nach dem Händewaschen den Mund voll Wasser und zerdrückte es langsam zwischen Zunge und Gaumen, so daß es Minuten, manchmal Stunden brauchte, bis es sich in seiner Kehle verlor. Den konzentrierten Ausdruck, den seine Züge dabei annahmen, verstärkte er durch leichtes Mahlen der Kiefer so lange, bis dahinter Führungsqualität aufschimmerte. Für viele, nicht nur für mich, blieb mein Vater, auch mit einer nicht unbeträchtlichen Menge Wasser im Mund, beängstigend.

Mama stöhnte. Einer der Leibwächter spuckte auf den Boden. Ich spürte meines Vaters Hand, die meinen Nacken suchte, als wolle sie ihn kräftigen. Wie immer, wenn er so etwas tat, hatte ich das sehnsüchtige Verlangen, ihn zu siezen. Er trug nur ein Unterhemd mit kleinen Blutspritzern drauf, was aber seine Autorität nicht schmälerte.

Er ließ die Hand sinken, wandte sich meinem Bruder zu und blinzelte in Richtung eines Fleischermessers, das wie in einem Museum auf einem kleinen, samtroten Polster neben den Surfbrettern lag.

»Ansgar, ich möchte, daß du das Sicherheitskonzept checkst. Wir haben hohe Gäste.«

Der Politiker lächelte geschmeichelt.

»Wie kommt deine Mutter hier mit dem Ding und ohne Einladung rein?«

»Die konnten nichts dafür«, erwiderte Ansgar. »Ich stand in der Nähe der Treppen, wo kontrolliert wird. Und plötzlich sagte jemand, ›Gräfin Lahnstein, die steht nicht auf der Liste‹, und ich dachte noch, wenn es eine Gräfin ist, soll sie doch reinkommen. Aber als ich sie erkannte, war es schon zu spät!«

»Das riecht man doch«, sagte mein Vater, »daß das keine Gräfin ist!«

Wir starrten Mama an und schwiegen.

»Ich hoffe nur, es ist keine Presse hier!« setzte Gebhard nach. »Ein Skandal ist das letzte, was wir uns leisten können! Walter, wenn einer von deinen Bullen hier die Schnauze aufreißt oder offiziell werden sollte, dann kannst du dir die Sache mit dem Landtag in die Haare schmieren!«

Der Politiker hinter ihm war so verdutzt, daß er nur vage

grinsen konnte, bevor er ein schüchternes »Ich weiß, Gebhard« in seinen Bart stieß.

»Junge, was hast du nur für Klamotten an?« fragte mich
mein Vater. Dann hickste er, kratzte sich und wollte noch
wissen, was die Chemotherapie macht.

Ich gab ihm irgendeine Antwort.

Während er plötzlich sein Handy zückte und zu telefonie-
ren begann, röchelte meine Mutter leise und legte ihren
Kopf zur Seite. Ansgar und ich sahen ihren offenen Mund,
dem Zähne fehlten. Sie roch nach altem Schweiß und
steckte in einem nagelneuen Trainingsanzug. Sie wand
sich auf den Rand der Tischtennisplatte zu, um hinunter-
zustürzen. Ich wollte nicht hinsehen, wollte aus einem der
Abluftrohre schlüpfen, mir die Nacht betrachten. Meine
Lippen waren wie zugenäht. Bei meiner Geburt soll ich
versucht haben, mir die Augen auszukratzen. Man mußte
mir die Händchen verbinden, die klugen Händchen. Ganz
weit entfernt hörte ich jemanden, und ich wunderte mich,
daß er mich am Ärmel zupfen konnte, so weit entfernt
schien er.

Als wir hinausgingen, schob der Sanitäter meine Mutter
sanft in die Mitte der Tischtennisplatte zurück, die unter
ihrem Gewicht knirschend nachgab, bis man den Lack auf
dem Holz reißen hörte. In all meiner Verwirrung war mir
nur klar, daß man nicht mehr darauf spielen konnte.

— 2 —

Ansgar ist sein Name wichtig. Und wie man ihn schreibt,
spricht und buchstabiert ist ihm wichtig. Und wichtig ist
ihm das A in der zweiten Silbe seines Namens, ungeheuer
wichtig sogar, weil er es jahrelang gegen das schmierige,
wankelmütige E verteidigen mußte, das alle Welt hinein-
streut. Er haßt das E. Niemand darf ihn Ansger nennen.
Er heißt nach einem unserer baltischen Vorfahren, einem
Flügeladjutanten des Zaren, der 1822 eine Insel in der Be-
ringsee entdeckt hat. Tausende von Bartrobben, die dort
ihre Brutplätze haben, werden seither jedes Jahr zur Beu-
te der internationalen Seehundjagd. Wenn im Fernsehen
früher eine von gehäuteten Kadavern getupfte, rosarote
Schneeküste zu sehen war, die frierende Greenpeace-Akti-
visten angewidert das »Ansgar-von-Solm-Eiland« nannten,
so hat das meinen Bruder mit merkwürdigem Stolz erfüllt.

Dennoch hätte ich nicht gedacht, daß er eines Tages auf seinem Schreibtisch die »Landsmannschaftlichen Mitteilun-
gen« liegen haben könnte. Oder daß an seiner Wand die
berühmte »kurländisch-livländische Kartographie« hängen würde, mit Verzeichnis aller baltischen Adelssitze.
Als mich Ansgar in sein Zimmer brachte (er nennt es »das-
Büro-hier« im Gegensatz zu seiner Arbeitsstelle, die »das-

Büro-da« heißt), trugen all diese Reminiszenzen an unsere verehrungswürdige Abkunft wenig dazu bei, meine Stimmung zu heben.

Die Wände links und rechts der Kartographie wurden von einigen Elitezertifikaten und Business-School-Diplomen aufgeheitert, die Ansgar in den letzten Jahren erworben hatte. Überall stand »summa cum laude«, »mit Auszeichnung« oder einfach nur »1« drauf.

Das Mobiliar war das Allernötigste zum Zeigen, wer man ist. Das Zimmer lag im ersten Stock der Festung, so daß es wenigstens keine Gitter gab und ich jederzeit aus dem Fenster springen konnte, falls ich es nicht mehr aushielt.

Ich sank auf die Couch, öffnete meinen Hilf-dir-selbst-Koffer und fischte ein Pillendöschen raus. Ich schluckte gleich die doppelte Portion Tabletten, gerade noch rechtzeitig, bevor das mit dem Stöhnen losging. Den Schweiß auf meiner Stirn schob ich aufs Wetter.

Ansgar öffnete die Fenster auf eine Weise, die mich nicht darüber im Zweifel lassen sollte, daß er es für mich tat. Eine frische Brise wehte herein. Dann tranken wir Wodka (»Baltischer Wodka, Jesko!«), das heißt, er trank und ich sah in mein leeres Glas.

Ich darf nicht trinken.

»Ich kann dir nicht sagen, wo es langgeht«, sagte Ansgar schließlich und zupfte sich ein Fädchen von seiner Abteilungsleiterhose. »Aber Mama sollte dich interessieren, weil du verdammt nochmal einen Spender brauchst!«

»Seit wann ist sie hier?«

»Seit zwei Tagen.«

»Und das sagst du mir jetzt?«

»Papa hat mich nicht informiert, um mich nicht aufzuregen. Sonst hätte ich dich natürlich früher angerufen. Ist doch klar.«

Da er wußte, daß ich ihm kein Wort glaubte, bot er mir einen Schluck aus seinem Glas an. Ich machte eine abwehrende Handbewegung, und er räusperte sich.

»Erinnerst du dich? Die ganzen Tests damals? Die Ärzte sagten, daß in der Familie keiner ist mit deinem Knochenmark. Und Papa war so verzweifelt, als sie dich im Krankenhaus fragten. Du weißt schon, ob es nicht doch noch einen Verwandten gibt. Irgendeinen, den man übersehen hat. Womöglich einen Spender. Und du hast nein gesagt.«

Ich wußte, was Ansgar meinte mit dem Satz, daß Papa verzweifelt war. Ich hätte es allerdings anders ausgedrückt.

»Schließlich hat er eine Detektei beauftragt, um Mama suchen zu lassen. Sie war nirgendwo gemeldet, polizeilich, meine ich. Es gab keine Adresse. Aber man kann auch nicht sagen, daß sie keine Spuren hinterlassen hätte. Nein, das kann man wirklich nicht sagen.«

Er setzte sich mir vis-à-vis und schob einen roten Ordner herüber.

Ich blickte hinein, und dann nahm ich doch einen Schluck aus seinem Glas.

Es waren ein paar Computerausdrucke und weiterer Papierkram. Auf einer Liste wurden alle Gegenstände aufgezählt, die Mama in den letzten Jahren gestohlen hatte. Es war genug, um damit eine gutsortierte Karstadt-Filiale aufzumachen. Dann kamen psychiatrische Gutachten, Pfändungsbescheide, Kontoauszüge des Sozialamts. Auch ein ärztliches Attest war darunter, auf dem ihr eine gut verheilte Lungentuberkulose bescheinigt wurde. Aber schließlich sah ich eine Auflistung verschiedener Nervenheilanstalten, die mir zu lang war, und ich wollte nicht weiterlesen.

Ansgar räusperte sich wieder. Er räuspert sich oft, ich weiß nicht, ob ich es schon erwähnt habe.

»Letzten Freitag vertrat ich Papa, weil er nach Genf mußte, zu diesem Kongreß. Europäische Kieswerke.«

Durch das offene Fenster schwappte ein Allegro herein.

»Als ein Mitarbeiter der Detektei anrief, stellte ihn die Sekretärin zu mir durch. Sie dachte wohl, ich sei eingeweiht. Naja, Papa weiht mich mittlerweile ein, eigentlich.«

Er machte sein Schulmädchengesicht.

»So erfuhr ich von der ganzen Sache. Der Detektiv hatte Mama gefunden. In Hamburg. In einem Heim für Obdachlose.«

»Hast du noch was von dem Zeug?« fragte ich. Er stand auf, schloß das Fenster, holte eine neue Flasche und schenkte mir großzügig ein.

»Man brachte sie hierher. Papa weiß ja, wie du darüber denkst. Deshalb sollte es wasserdicht sein, bevor er dir Bescheid gibt. Er bat sie, eine Punktion zu machen.«

»Was hat sie gesagt?«

»Sie war nicht in der Verfassung, irgendwas zu sagen.«

Es klopfte leise.

»Wir haben sie drüben im Tantenhaus untergebracht. Mit Vorhängeschlössern und allem.«

Erneut klopfte es.

»Sie hat die Scheibe der Verandatür eingeschlagen und sich das Messer gekrallt und ist auf Papa los. Ja, was denn?« rief er ungeduldig, als es zum dritten Mal klopfte.

Ich dachte erst, es sei Stiefi, die Frau meines Vaters. Wir nennen sie Stiefi, Ansgar und ich, aber sie heißt anders. Und sie klopft auch anders. Und sie kommt auch in viel falscheren Momenten.

Die Tür schwang sachte nach innen, und es trat jemand ein, der einen mindestens viersilbigen Namen hatte, einen Namen wie Eleonore oder Josephine, mit womöglich französischer Betonung, so sah sie jedenfalls aus. Sie trug eine Fielmann-Brille und war grazil und blaß, und ihre Stirn hatte eine Höhe, als solle demnächst Schnee darauf liegen. Ihre Hand trommelte unschlüssig auf der Klinke, als sie mich sah.

»Hallo, Zitrone«, sagte Ansgar, »komm ruhig rein.«

Mein Bruder stellte mir seine Freundin vor. Sie hieß Simone Irgendwas, aber er nannte sie Zitrone, und es war mir egal. Sie schwebte zögernd auf mich zu und gab mir die Hand. Sie hatte eine leise, aber herbstlich-dunkle Stimme, mit der sie Ansgar fragte, wie es ihm gehe.

»Besser«, sagte er, und sie strich irgendwas hinter seinem Ohr weg, und es ging ihm noch besser.

»Armer Spatz. Dein Vater sucht dich. Die Gäste wollen gehen.«

»Hat es sich schon rumgesprochen?«

Sie wiegte ihren hübschen Kopf.

»Kaum. Die meisten reden über seinen Rock!«

Es ist komisch, wenn einer über dich in der dritten Person spricht und dir dabei ins Gesicht schaut.

»Dieser Rock ist ein Herrenrock«, sagte ich einfach. »Ich glaube nicht mehr an Hosen. Hosen sind das Letzte. Außerdem habe ich gar keine mehr.«

»Jesko ist Modedesigner«, versuchte Ansgar abzulenken.
»Und er schreibt für ein Modemagazin. Oder hast du da mittlerweile die Zelte abgebrochen?«

Ich schüttelte den Kopf.

»Du kannst dich mit ihm stundenlang über Gucci und Lagerfeld unterhalten und diese ganzen Granaten. Vielleicht näht er dir ja sogar das Brautkleid.«

Danach zu mir: »Ich hol Dir mal was anderes.«

Er verließ das Zimmer. Zitrone setzte sich neben mich. Wir schwiegen eine Weile und blickten uns nicht an.

»Das mit deiner Mutter finde ich schlimm«, stieß sie plötzlich hervor. »Aber ich gehöre nicht zu den Leuten, die weinen, wenn was schlimm ist.«

»Gehörst du zu denen, die lachen?« fragte ich.

»Nein. Zu denen gehöre ich auch nicht«, sagte sie. »Ich bin Krankenschwester.«

»Ich dachte, du arbeitest beim Fernsehen?«

»Das war die vor mir. Die mit den Hasenzähnen. Von mir hat er dir nicht erzählt?«

»Nein«, sagte ich.

»Naja, du kennst ja Ansgar.«

Sie lachte die A's in seinem Namen so, als hätte er fünf oder sechs davon, und aus Sehnsucht verlängerte sie die zweite Silbe in einen kleinen, zarten Seufzer hinein, und es war völlig klar, daß das von ihr gewählte A dem idealen A so nahe kam und gleichzeitig einem E so fern sein konnte wie nur irgendwas.

»Ich war mal mit einer Krankenschwester zusammen«, meinte ich, »die tat immer so warmherzig. Aber immer wenn wir uns gestritten haben, hat sie wild um sich ge-

21

schlagen. Sie hat versucht, meinen Kopf zu treffen, weil sie wußte, daß ich mal einen Schädelbasisbruch hatte.«

»Oh«, sagte sie nur.

»Ich hasse Krankenschwestern!«

»Verstehe.«

»Ich nähe dir bestimmt kein Brautkleid!«

Als Ansgar mit zwei indiskutablen Cordhosen in der Hand zurückkam, war Zitrone einige Zentimeter von mir abgerückt.

Ansgar wollte wissen, ob das Eis zwischen uns schon gebrochen sei.

Dann kippte ich den Wodka runter.

— 3 —

Der Schluckauf meines Vaters ist, wie gesagt, meist völlig geräuschlos. Obgleich man den Singultus nicht besiegen kann, hat Papas Wille ihn doch in die Stille gezwungen und weitgehend unschädlich gemacht – wie so vieles.
Am nächsten Morgen ließ auch ich mich von ihm breitschlagen.

Wir frühstückten auf der Terrasse. Der See lag opferwillig zu unseren Füßen. Der Rasen schimmerte in der Sonne, als hätte man ihn nachts mit Sekt beschäumt, was mehr oder weniger stimmte.
Ein paar Haare fielen mir aus wegen des Gummibandes, das an meiner Kopfhaut schabte. Ich trug einen halbrunden, durchsichtig grünen Schirm, der meine Augen schützte und das einzige war, was man von meinem Habit noch gelassen hatte. Ich war in Ansgars Allerlei gekleidet, litt sogar an seiner Cordhose, kastanienbraun, die ich angezogen hatte, um meinen guten Willen zu zeigen.
Papa und Ansgar mußten gleich rüber in die Fabrik und schlürften ihren Kaffee voller Ungeduld. Zitrone fehlte.
Meine dicken Halbgeschwister stritten sich um das Nutellaglas. Sie heißen Sandra und Comenius, und als sie klein waren, hat mein Bruder sie auf »Saddam« und »Khomeini«

getauft, damals tobte gerade der iranisch-irakische Krieg. Ihr ständiges Gezeter hätte man ertragen können, wenn es nicht im weinerlichen Mannheimer Singsang alles um sie herum akustisch verpestet hätte. Zwar war Stiefi wie ein hungriges Rebhuhn bemüht, ihren Kindern alle Spuren dieses Dialekts auszupicken, jedoch nur mit mäßigem Erfolg, da sie selber so sprach.

Ich sage es nicht gerne, weil es so ein grauenhaftes Klischee ist, aber Stiefi ist die ehemalige Sekretärin meines Vaters, das ist die ganze Wahrheit.

Sie saß an der Stirnseite des Tisches, latent besorgt, daß man sie mangelnder Munterkeit bezichtigen könnte. Fast immer hielt sie den Mund geschlossen, um ihre verfärbten Zähne zu verbergen. Bestimmt war es für sie nicht leicht, daß irgendwo in diesem Haus meine Mutter lag, wahrscheinlich noch bewußtlos, angekettet und eingesperrt. Leicht war das für niemanden.

»Was sagen denn die Ärzte, die Ärzte?« fragte sie mich.

»Ich weiß nicht, ob Ärzte bei Mama sind.«

»Nein, deine Ärzte.«

»Oh«, sagte ich erst. Doch dann sagte ich: »Den Sommer werde ich noch überstehen. Wahrscheinlich sogar den Herbst.«

»Das ist ja schön, ist ja schön!«

Sie hatte diese Eigenart, die letzten Worte ihrer Sätze zu wiederholen. Ratlos schaute sie zu meinem Vater.

Gebhard musterte mich ohne Vergnügen, wollte Details wissen, und ich schleuderte ihm so viele Leukozyten, Lymphdrüsen, Zytostatika, Antimetabolite und Metastasen entgegen, bis er Saddam lustlos sein Ei abgab.

Dann hörte man einen langgezogenen, entsetzlichen Schrei aus dem Keller.

Im Gebüsch raschelte etwas kleines Braunes und hüpfte ängstlich davon.

»Aischhännel!« sagte Khomeini und zeigte darauf.

»Eichhörnchen heißt das!« verbesserte Stiefi gereizt.

Das Tierchen raste einen Kiefernstamm hinauf, setzte sich auf einen Ast und schaute uns zu, wie wir auf den zweiten Schrei warteten. Aber er blieb aus, und Saddam pulte ihr Ei auf, während Papa sich den Kaffee aus den Mundwinkeln tupfte, die Serviette zusammenfaltete und sie sorgfältig in den silbernen Serviettenring zurücksteckte. Aha, jetzt kam eine Rede.

»Mein lieber Jesko«, sagte er. »Das alles ist für uns eine sehr große Belastung. Für die Kinder ist das nervlich kaum zu ertragen. Und für deine Eltern auch nicht.«

Stiefi lächelte gerührt, als Teil meiner Eltern bezeichnet zu werden.

»Wir sollten deine Mutter anzeigen. Versuchter Mord, schwerer Hausfriedensbruch. Das wäre das einzig Richtige. Zumal du dich vielleicht erinnerst...«

Seufzend erinnerte er sich an irgendwas, wahrscheinlich an seine Schmerzen im Arm, den er in einer Schlinge trug.

»Jedenfalls«, setzte er fort, »ihre Knochen sind für deine Knochen nun mal eine Chance. Vielleicht die letzte. Du solltest es so sehen.«

Das Eichhörnchen begann sich über meinen Vater zu langweilen und sprang auf den benachbarten Baum.

»Wir können sie nicht gegen ihren Willen hierbehalten. Wir wollen das auch nicht. Es liegt an ihr, das mindeste zu tun, das allermindeste zu tun, was sie für ihren Sohn tun kann. Ich möchte dich bitten, sie dazu aufzufordern. Ich möchte dich wirklich darum bitten. Ich bitte dich, Jesko, denn wir wollen dich nicht verlieren.«

Ich sah mich um auf der Suche nach dem Teleprompter, der diesen Anfall fehlgeleiteter Melancholie zu verantworten hatte. Auch Stiefi bröckelte obermütterlich auseinander, bis man in ihren Augen eine feuchte Keimschicht sah. Mein Gott, sie war gerade mal acht Jahre älter als ich, und mit siebzehn fand ich sogar, daß sie gar keinen schlechten Arsch hatte.

»Mit Professor Freundlieb habe ich gesprochen. Er braucht fünf Tage, hat er gesagt, für die notwendigen Untersuchungen. Oder sechs. Und falls die Diagnose positiv verläuft, was wir alle hoffen, vielleicht vierzehn, fünfzehn. Mit allen Eingriffen. Deine Mutter kann im Tantenhaus wohnen bleiben. Wenn sie nicht wieder alles kurz und klein schlägt.«

»Wir kriegen das schon hin, Jesko«, warf Ansgar eilig ein, bevor ich noch was sagen konnte. Aber ich wollte gar nichts sagen.

Papa wartete auf irgendwas. Vielleicht auf Applaus. Ich schaute ihn nur an. Das war das allermindeste, was ich für ihn tun konnte.

Ich beugte mich vor, spähte an Khomeini vorbei, der sich sein Brot präventiv dick mit etwas bestrich, was auch zwei Wespen haben wollten, und undeutlich und mit leichtem Nystagmus gewärtigte ich hinter einer Gruppe Birken die Umrisse des Tantenhauses.

Ich überlegte. Ich überlegte wirklich. Ich überlegte, ob sich das Wrack, das meine Mutter war, wegen des Wracks, das ich war, eine Kanüle in die Wirbelsäule rammen lassen würde. Wollte ich das überhaupt? Ein Sommer kann sehr kurz sein. Dann kommt noch ein bißchen Herbst, und im Handumdrehen liegt Laub auf den Friedhöfen. Ich muß gestehen: Ich verlasse dieses Leben nicht gerne. Wer tut das schon? Selbst Seneca konnte seine Mißbilligung nicht verhehlen, als Nero ihn zwang, sich die Pulsadern aufzuschneiden. Das schöne blaue Buch ist nichts für die Wirklichkeit.

Mir fiel Randa ein, ein Lungenkrebs in sehr frühem Stadium. Sie wurde von ihrem Freund verlassen mit der Begründung, daß er »das alles ein bißchen viel findet«. Randa war meine Zimmernachbarin in der Nachsorge gewesen, und einmal habe ich ihr beiläufig ins Ohr gepustet. Wir benutzten einen Kühlschrank gemeinsam, und sie achtete peinlich genau darauf, niemanden zu behelligen.

Aus Rücksicht auf das Personal hat Randa sich nicht in ihrem Zimmer umgebracht. Sie ging an einem dunklen Dezembermorgen aus dem Haus, überquerte einen Bahndamm, kletterte die Böschung hinunter (ihre Knie knackten immer ein wenig), wischte sich die Haare aus dem Gesicht und legte den Kopf auf die Schienen.

Dann hat sie auf den Regionalexpreß gewartet.

Stiefi bot mir auf kloweißer Villeroy&Boch-Ware ein Puzzle aus Fleisch an, eine Komposition aus Göttinger Mettwurst, französischem Hinterschinken, Lachs und duftender Pastete, und vielleicht gab das den Ausschlag, dieses rosarote

Tableau ineinander terrassierter körperlicher Überreste,
denn auch Randa hatte Affinität zu Wurstwaren gehabt.
Noch vier Tage, nachdem man sie identifiziert hatte, fand
ich den Abdruck ihrer Zähne auf einer angebissenen Sa-
lami, die ich aus unserem Kühlschrank holte und nachdenklich verzehrte.

»Gut«, sagte ich, »aber ich werde sie in eine Klinik bringen.«

»Keine Klinik«, sagte Papa nur, und es klang wie »Keine
Panik«.

»Oder so was Ähnliches.«

»Warum bleibst du nicht mit ihr im Tantenhaus die paar
Tage? Sonst gibt es doch nur Gerede!«

»Ich werde nicht mit ihr zusammenwohnen!«

»Schau es dir doch erst mal an!«

»Da muß man vielleicht noch ein bißchen durchwischen«,
setzte Stiefi nach. »Wenn ihr rübergeht, vergeßt bitte nicht
die Robinien zu gießen. Da sind Robinien auf den Fensterbrettern, auf den Fensterbrettern!«

— 4 —

Das Tantenhaus war ein hundertjähriges Bootshaus, in Blockbauweise ganz aus Holz errichtet. Das Seeufer war verlandet, so daß die Hütte nur noch an der Südseite direkt ans Wasser grenzte.

Vor Jahren hatte hier eine kultivierte baltische Tante meines Vaters logiert, und ihr zuliebe waren einige Fenster hineingesägt worden. Eine von Efeu bedrängte, moosige Veranda umschloß den kleinen Bau, der alles in allem gut nach Finnland gepaßt hätte.

Die Fensterläden waren geschlossen und von außen mit Balken verbarrikadiert. An der Tür hingen zwei Sicherheitsschlösser. Ein morscher Schaukelstuhl knirschte hinter der Brüstung, und der Wind pfiff dazu. Es war ein ganz hübscher Wind, so nah am Wasser, aber er war nicht stark und nicht frisch genug, um den Geruch zu vertreiben.

Es war der merkwürdigste Geruch, den ich seit langem gerochen hatte, und er kam aus der Hütte.

Nervös schloß Ansgar die Schlösser auf. Das dauerte ein bißchen, denn er hatte Putzzeug in der Hand und eine Gießkanne für die Robinien.

Wir traten ein, schalteten das Licht an. Als wir uns umblickten, wurden wir ganz still. Wir standen in einem kleinen Zimmer mit Kochnische. Es sah gar nicht gut aus. Es sah sogar ziemlich schlecht aus. Ich wußte ehrlich gesagt nicht, was man damit noch anfangen sollte.

Wir stolperten über das Chaos aus Unrat, Essensresten, zerbrochenem Geschirr, zogen die Rolläden hoch und öffneten die Fenster.

Der Geruch würde ein paar Tage bleiben, darüber machte ich mir keine Illusionen. Das weiche, gelbe Augustlicht flutete erbost in die Fensterhöhlen, und ich sah, daß sich auch das Thema Robinien für immer erledigt hatte.

Um mich nicht aufzuregen, ging ich hinüber in das andere Zimmer. Dort stand das Klavier, das früher immer mit Chopin gefüttert worden war, in den seligen Tagen der baltischen Tante. Nun sah es ziemlich abgemagert aus.

Ich drückte auf zwei, drei Tasten. Ein paar rachitische Töne erhoben sich aus ihren Betten. Ich drückte fester und bemerkte, daß unter einer Taste ein paar Kakerlaken herausrollten, wie kleine Fallschirmspringer aus der Luke eines Flugzeugs.

Danach ging ich zu der großen Verandatür, um sie aufzuschieben. Eine Scheibe war eingeschlagen. Inmitten der Scherben sah ich eine Maus. Sie saß neben einem Haufen verschimmelter Kürbisse und war so groß, das war fast eine Ratte. Als ich sie wegscheuchen wollte, warf sie mir bloß einen Was-machst-du-eigentlich-hier-Blick zu.

Dann kroch sie langsam unter die Heizung.

»Und da soll ich mit Mama bleiben?« fragte ich Ansgar, ohne mich auf einen Ausdruck festzulegen.

»Und mit Zitrone. Sie ist Krankenschwester, sie kann dir helfen.«

Ich sagte ihm, daß ich auf gar keinen Fall mit seiner freundlichen, hypergerechten, kuhäugigen, bettenbauenden, arschwischenden, medikamentenverwechselnden und von-mir-ein-Hochzeitskleid-haben-wollenden politisch korrekten arztfickenden verlobten Krankenschwester auf Mutter und Mäuse einprügeln würde. Ich sagte ihm das natürlich auf meine bekannte charmante Art, so daß er nicht den tierisch Verletzten heraushängen konnte.

Er war trotzdem recht bestimmend.

»Da fangen wir jetzt mal an! Dann geht das schon!«

Er drehte sich um, als sei alles gesagt. Wohlabgezirkelte, fast elterliche Schritte trugen ihn zurück ins erste Zimmer und ich hörte, wie dort Wasser in einen Eimer eingelassen wurde. Ich stand auf irgendwas Wattigem, blickte nach unten und sah eine zerknüllte, verlebte Matratze, überhäuft mit Textilschund aus ostasiatischer Fabrikation. Ich bückte mich, hob etwas mit spitzen Fingern auf und ging damit zu Ansgar.

»Weißt du, was das ist?« fragte ich und zeigte es ihm.

»Eine Bettdecke«, sagte er gleichmütig, ohne den Blick zu heben. Er hatte mir den Rücken zugewandt. Spülmittel spritzte in den Eimer.

»Nein!« verkündete ich. »Das sind Milben! Weißt du, wie viele Milben in einer normalen Bettdecke sind?«

»Du kriegst eine andere!«

»Drei Millionen!«

»Mach Sachen.«

»Drei Millionen Milben! Und jede Sekunde mehr!«

Er drehte das Wasser ab und beobachtete, wie der Schaum im Eimer Blasen warf.

»Hörst du, was hier los ist?« rief ich. »Los, hör schon! Du kannst sie hören!«

Ich streckte ihm die Decke hin.

»Klar«, lachte er, ohne auf irgendwas zu achten. »Bettdecken bestehen aus Milben!«

»Genau! Und deshalb sind sie auch so weich!«

Ich schleuderte ihm das Plumeau ins Gesicht. Er tapste blind zwei Schritte zur Seite, verlor das Gleichgewicht, ließ den vollen Putzeimer fallen. Die Waschlauge ergoß sich über den Boden, und dann knallte Ansgar hin, schäumte ein bißchen und kam, dekoriert mit einem Joghurtdeckel, schnell wieder auf die Beine.

»Warum muß man dich immer zu deinem Glück zwingen?« bellte er. Seine Hose war naß. »Du wirfst dein Leben weg, als wär's Klopapier! Und du bist auch noch stolz darauf. Du genießt das! Du willst gar nicht gesund werden!«

»Wenn ich gesund wäre«, knirschte ich, »wär ich verdammt gerne gesund! Ich wär der verdammt gesündeste Gesunde, der je gelebt hat! Ich würde mit gesunden Frauen rummachen, gesunde Sachen essen, gesunden Ehrgeiz haben! Aber ich bin krank! Und Du schickst mich hier ins Selbstzerstörungsprogramm!«

»Jesko...«

»Es ist verdammt noch mal deprimierend!«

»Jesko, ich helfe dir doch!«

»Deine Milben helfen mir nicht! Deine Hosen helfen mir nicht! Und diese baltische Müllhalde hier hilft mir auch nicht!«

»Wie kannst du...? Was redest du denn da? Du bist ein unglaublicher Egoist! Merkst du das nicht? Merkst du nicht, daß alle für dich nur das Beste wollen? Aber du tust nichts dazu!«

»Warum bringen wir Mama nicht wohin? Warum soll ich das machen?«

»Wohin? Ist dir völlig schnurz, was das für Papa bedeutet, daß sie hier aufkreuzt? Für seine Position? Nein, Jesko! Wohin ist hier!«

Er stieß seinen Zeigefinger nach unten.

»Ihr wollt mich wegsperren, ja? Auf die Deponie! Die Türen dicht und basta! Mit dieser Irren! Das nennst du was für mich tun?«

»Du hast ja so hohe Ansprüche! Sei froh, daß wir dir überhaupt helfen! Was tust du denn? Für wen hast du jemals was getan? Was hast du für deine Tochter getan zum Beispiel?«

»Willst du den totalen Krieg?«

Ansgar merkte, daß er zu weit gegangen war. Er stockte, zögerte, wurde leise, so daß man deutlich die Lauge am Boden krabbeln hören konnte.

»Es tut mir leid«, flüsterte er.

»Laß Charlotte aus dem Spiel!«

»Ja, natürlich.«

»Mann.«

Ich sank auf einen Müllberg. Leere Konservendosen purzelten auf die Erde.

»Tut mir wirklich leid, Jesko.«

Später saßen wir draußen auf der Veranda, ich im Schaukelstuhl, Ansgar auf der Brüstung. Den Schutthaufen hatten wir nicht angerührt. Er schlug vor, ich solle es mir noch mal in aller Ruhe überlegen.

Er wollte sich vertragen. Er redete umständlich über Schwierigkeiten, deren es schon genug gebe, über Steuerprobleme, über Zementfabrikation in Bulgarien, Rußland und anderen Konkurrenznationen. Eine schillernde Libelle hörte ihm bewundernd zu.

Der beste und reinste Zement, meinte Ansgar, sei immer noch Papas deutscher Zement. Ja, Papas Zement sei so gut und so rein, daß man ihn sogar essen könne, und ich weiß auch nicht, worauf er damit hinauswollte. Manchmal ging seine Begeisterung für Zement, die er mit Papa teilte, einfach mit ihm durch.

Er beschwor mich erneut, daß es das Klügste wäre, mit Mama im Tantenhaus zu bleiben. Er wollte sie isolieren wie ein Starkstromkabel. Er hatte Angst, daß ihre Existenz durchsickerte, hatte Angst, daß ich sie deprivatisiere (so drückte er sich aus). Und er hatte speziell für diesen Fall Angst um Papas Ruf, um Papas Geld, Papas Macht und Papas Bilanzen. Ansgar hatte überhaupt sehr viel Angst, ich glaube, daß man so etwas auf Managerseminaren lernt.

Denn früher hatte mein Bruder keine Angst gekannt, jedenfalls nicht ihre städtische Form. Er war mein großer Held gewesen, mein Zampano, mein am Rande des Abgrundes reitender Lancelot.

Ich fuhr nach Mannheim, um Rattengift zu kaufen.

Erst am späten Nachmittag, hin- und hergeworfen auf dem purgatorischen Nagelbett, das einem die Erinnerung bereiten kann, besuchte ich meine Mutter.

— 5 —

Mein Vater Gebhard Hyronimus von Solm war schon längst zu Hause ausgezogen, aber um mir zu meinem zehnten Geburtstag zu gratulieren, wollte er mich an jenem Nachmittag des Jahres 1978 besuchen kommen.
Als er nach wenigen Minuten wieder wegfuhr, mußte Ansgar die Polizei rufen, schon um Mama daran zu erinnern, daß sie uns zusammenschlug.

Mein Bruder und ich hatten aus dem Fenster gesehen, als sie Gebhard gegen sechzehn Uhr im strömenden Regen barfuß entgegengegangen war, bekleidet mit einer Röhrenhose und ihrem roten Stretchpulli. Einen Mantel trug sie nicht, so daß sie völlig durchnäßt war.
In der Hand hielt sie ein Cello, das aus dem 19. Jahrhundert stammte und von dem die Tropfen wie gerissene Nervenstränge wegspritzten. Es gehörte meinem Vater. Als kleiner Junge hatte er auf der Flucht vor der russischen Armee nur dieses Kindercello aus Riga retten können, hatte es vier Monate lang hungernd durch Schlamm, Kälte und Bombenhagel getragen, und so zählte es zu den wenigen Gegenständen aus Holz, zu denen er jemals Zuneigung faßte.

Käthe zerschlug das Cello auf der regennassen Straße. Mein Vater sah ihr reglos dabei zu. Dann drehte er sich um und ging davon. Unter dem Arm hatte er mein Geschenk, und ich dachte, er wolle es in Sicherheit bringen. Doch als seine Frau ihm hinterherstürzte und ihm ein Stück Cello in die Nieren stieß, ließ er das Paket fallen, und es strudelte auf einen Gully zu.

Was er schrie, verstand ich nicht, denn Käthe schrie viel lauter als er, unter anderem auch Worte, die ich noch nie gehört hatte. Die Leute wurden auf die Sache aufmerksam. Mein Vater bestieg seinen Wagen, um wegzufahren. Das verhinderte Käthe, indem sie sich vor den Kühler warf, dann wieder aufsprang, die Antenne abriß und die Scheibenwischer verbog, wobei sie sich die Hände verletzte und blutete.

In diesem Zustand kam sie in die Wohnung zurück. Sie weinte. Sie setzte sich hin, durchweicht, triefend, und sie weinte. Ich fragte, ob ich mein Geschenk aus der Pfütze holen könne. Sie antwortete nicht, goß sich Schnaps auf die Hände, und als ich ihr sagte, daß es sich bei dem Geschenk vermutlich um eine Märklin-Eisenbahn handele und daß es sehr schlecht wäre für eine Märklin-Eisenbahn, wenn sie naß würde (wegen der Elektrik), begann meine Mutter, immer noch weinend, mich zu schlagen.

Erst schlug sie nur, wie man jemanden schlägt, den man eigentlich gerne mag. Aber dann wurden ihre Augen ganz starr, und sie machte eine Faust.

Als ich auf dem Boden lag, hörte sie immer noch nicht auf. Ansgar kam angerannt. Ich höre heute noch die schnellen, nackten Schritte, die über den Flur herantrommelten. Er warf sich zwischen uns. Aber Käthe packte ihn an den Haaren und brüllte die ganze Zeit immer wieder die gleichen Sätze. Sie rief: »Sag ihm, daß er pervers ist!«, »Ich werde ihn wieder im Büro anrufen. Seine Stelle ist hin!« Sie schrie Worte wie »Steht dein Schwanz?«, »Soll ich dir eine Kerze in den Arsch stecken?«, und ich begriff allmählich, daß sie die ganze Zeit mit meinem Vater redete, obwohl er gar nicht da war.

Dann kroch Ansgar zum Telefon und rief die Polizei.

In den Briefen an Lucilius berichtet Seneca von seiner verrückten Sklavin Harpaste, die plötzlich blind wurde, aber zu blöd war, um es zu bemerken. Sie schimpfte tagaus, tagein auf das Haus, in dem sie lebte, und als man sie fragte, was sie gegen das Haus habe, sagte sie: »Es ist so dunkel hier. Nicht einmal ein Fenster gibt es. Und deshalb will ich ausziehen!«

Kaum ein Mensch weiß um die eigene Seele, ihren Geiz, ihre Arroganz, ihre Habgier oder abgrundtiefe Gemeinheit. Wir alle sind blind, wenn es um die andere Seite unseres Mondes geht, auf die kein Sonnenstrahl trifft.

Die Dunkelheit ist niemand selber.

Auch meine Mutter nicht.

Daher konnte sie nicht glauben, was geschah. Ihrer Meinung nach verprügelte sie ihre Kinder nicht. Sie betrank sich nicht bis zur Bewußtlosigkeit. Sie nahm auch keine anderen Drogen. Sie fuhr nicht ins Büro meines Vaters, hängte keine Präservative an seine Türklinke, die nicht mit Wasser gefüllt waren und auf denen keinesfalls mit Lippenstift ein Ausrufezeichen stand.

Ihr Sohn rief auch nicht die Polizei. Die schon gar nicht kam. Jedenfalls ging sie wieder.

Tatsächlich ging sie wieder.

Meiner Mutter wunderschönes, unschuldiges, von Schmerz und Verlassenheit benetztes Augenpaar in einem vier Zimmer mit Balkon und Kamin bewohnenden Liz-Taylor-Gesicht ist etwas, auf das zwei erstaunte Polizisten nicht vorbereitet sind, wenn sie wegen einer Kindesmißhandlung gerufen werden.

Ich schaute ihnen nach, wie sie ohne Blaulicht in dem Unwetter verschwanden.

Sie glaubten einfach nicht, daß Mama beschlossen hatte, alles um sich herum zu vernichten.

Sie dachten, es sei umgekehrt.

Beim Abendbrot war Käthe immer noch zornig auf meinen Bruder. Er mußte die Ravioli kalt essen, sie hatte extra einen Teil kalt gelassen. Sie begann sich vor unseren Augen erneut zu betrinken, mit Rotwein, und Ansgar sagte, für ihn sei sie nicht mehr seine Mutter. Sie lachte und nahm ihm die kalten Ravioli wieder weg und rief, wenn sie nicht mehr seine Mutter sei, brauche sie ihm ja auch nichts mehr zu kochen.

»Kochen ist was anderes«, sagte Ansgar rauh.

Käthe lachte erneut. Dann lehnte sie sich vor zu ihm, und was von ihrer Stimme übrig war, wurde leise.

»Ruft er einfach die Polizei. Wie ein Nazi. Dein Vater ist ein Nazi, dein Großvater ist ein Nazi, und aus dir wird auch ein Nazi werden! Verschwinde! Verschwinde in dein Zimmer!«

Ansgar stand abrupt auf. Er hatte Tränen in den Augen.

Als er an der Tür war, pfiff sie ihn noch mal zurück.

»Wie sagt man, wenn man vom Tisch aufsteht?«

»Heil Hitler, Mami!«

Mir schien es, als hätte der liebe Gott, an den ich damals noch glaubte, den Regen für uns bestellt, ganz alleine für uns, um die Apokalypse einzuläuten, so daß mir ganz bange wurde. Meine Mutter trank in ihrer Ecke, mit Schaum vor dem Mund, und sie verschlang Unmengen von Tabletten, und ich fragte Ansgar später, ob ich zu ihm ins Bett kommen dürfe.

Wir lagen dann in seinem Bett nebeneinander, jeder auf des anderen Arm, und redeten viel über Fußball und wenig über die Märklin-Eisenbahn. Er versuchte mich zu trösten, und ich gab ihm die Pralinen, die ich für ihn geklaut hatte. Draußen plärrte das Radio, und Mama, mitträllernd, stieß einzelne Worte aus, aber irgendwann stöhnte sie nur noch, und der Regen barg alles.

Spät in der Nacht rüttelte es an der Tür. Ansgar hatte abgeschlossen.

»Wo sind die Pralinen? Ansgar, ich bring dich um!«

Ihr Brüllen klang, als käme es aus unseren Köpfen, so nah.

Aber diesmal war es Ansgar, der lachte.

Und er schloß auch nicht auf, als es stiller wurde.

Ich bewunderte ihn so sehr, daß ich zu kichern begann, ich versuchte es vergeblich zu unterdrücken, und er, davon angespornt, machte Faxen in der Dunkelheit und drehte der Tür eine Nase, bis ich prustete.

Dann hörten wir plötzlich einen Schlag.

Die Tür splitterte. Mama warf sich dagegen, bis sie im Zimmer stand. Kurze Bilder. Eine helle Flurlampe, das weiß ich noch. Und das Beil in ihrer Hand. Aber keiner von uns schrie. Selbst Mama sagte nichts, als sie auf uns zurannte. Man hörte nur den Speichel vor ihrem Mund platzen und sah für einen Augenblick ein metallisches Schimmern.

Was dann passierte, reicht für alle Alpträume bis an das Ende meiner Tage, und am nächsten Nachmittag, der Regen war längst schon einem glasigen Hoch gewichen, erwachte Ansgar aus dem Koma.

Er lag in einem Krankenhaus und konnte sich an nichts mehr erinnern.

Ein Kriminalbeamter wollte meinen Schlafanzug haben. Ich schämte mich wegen der Urinflecken, aber der Mann sagte, daß sich das Gericht nur für das Blut interessiere.

Käthe wurde in die Psychiatrie eingebracht.

Wir sahen sie niemals wieder.

— 6 —

Meine Mutter hatten sie in den Keller gelegt. In die fin-
nische Sauna. Die Tür war von außen mit einem Besenstiel
verriegelt. Ich blickte durch die Glasscheibe der Saunatür.
Käthe döste auf einer Matratze neben dem Ofen. Zwei
Gurte waren quer über ihren Leib gespannt. Sie konnte
sich kaum bewegen. Lange, ungepflegte Haare umkränz-
ten ihr aufgedunsenes Gesicht. Auf dem Kissen sah sie wie
eine verkohlte Sonnenblume aus.
Zitrone stand neben mir. Sie hatte sich in die Uniform einer
Krankenschwester geworfen. Sie äugte mißtrauisch in die
Plastiktüten, die ich mitgebracht hatte, zog ein Päckchen
Rattengift und eine Mausefalle heraus und blickte mich
hinter ihren Brillengläsern an.
Wortlos trug sie die Tüten aus dem Keller. Ich hörte, wie
ihre Wirbelsäule bei jedem Schritt vorwurfsvoll knackte.
Dann öffnete ich die Saunatür, trat ein, setzte mich auf eine
Holzbank und schwieg. Ich wunderte mich, wie kalt es
war.
»Mein Jungchen. Was machst du denn für Sachen!« klagte
Mama nach einiger Zeit.
»Ich?«
»Dein Vater hat gesagt, es geht dir schlecht!«
»Ach ja?«

41

»Er hat gesagt, du machst irgendwas mit Mode, aber nicht richtig, und du hast gar kein festes Einkommen und keinen richtigen Beruf. Und außerdem stirbst du.«

Sie wirkte teilnahmslos. Sie sprach langsam und monoton, als läge ihr Hirn in einem heißen Schlammbad.

»Das stimmt«, sagte ich.

»Aber das ist ja schrecklich, wenn man keinen Beruf hat!«

»Das ist mein Beruf!«

»Was?«

»Sterben.«

»Und was verdient man da so?«

»Mama!«

»Was?«

»Du hörst mir nicht zu. Das war ein Witz!«

Sie blickte mich aus tieftraurigen Augen an. Irgendwo hinter ihrer Pupille vermeinte ich ein kleines Glitzern zu erkennen.

»Es tut mir leid«, sagte ich.

»So«, meinte sie nur. Ich beugte mich zu ihr, und sie dachte, ich wolle sie umarmen. Doch legte ich ihr nur die Hand auf die Stirn.

Sie schloß die Augen, und als ich die Hand wieder wegziehen wollte, wimmerte sie leise.

Später erzählte sie mir, sie sei von Beruf eine berühmte Schauspielerin, die schon neben Richard Burton die Kleopatra gespielt habe, fast, und kurz darauf fügte sie hinzu, daß sie ihre erfolgreichen Turnierpferde vermisse (sie besaß vier oder fünf reinrassige Araberhengste). Sie machte mit dem Mund das Geräusch siegender Pferde nach, und ihr Atem traf mich wie Staub, der aus dem Inneren einer vermoderten Morchel weht.

Schließlich sagte sie, daß sie eigentlich Ärztin sei.

Deshalb bräuchte ich mir auch gar keine Sorgen zu machen.

Vor der Kellertür setzte ich mir eine Iscadorinjektion, ein mich ziemlich entspannendes Mistelpräparat. Allerdings mußte ich erst einmal die richtige Vene suchen.

Zitrone suchte mit, ohne daß ich sie darum gebeten hatte. Sie schlug mir zwei oder drei meiner eigenen Äderchen vor und wollte sogar das subkutane Spritzen übernehmen, sanft, beflissen, überlegen.

Bevor es dazu kommen konnte, rammte ich mir die Nadel selber ins Fleisch, ohne hinzusehen. Statt dessen starrte ich auf ihren Busen, und sie drehte sich etwas weg, mit einem Ausdruck verletzten Mitgefühls, das ihr gut stand.

Dann sagte sie, daß sie Sonderurlaub genommen habe, um sich um meine Mutter kümmern zu können. Das würde sie gerne tun, und wo sie helfen könne, würde sie auch gerne helfen. Aber dies sei noch kein Grund, sie wie ein Stück Dreck zu behandeln, und entweder ich unterstützte sie als der Hauptnutznießende, oder es wäre schade. Und da hätte ich meine Tüten wieder.

Dann ließ sie meine Plastiktüten einfach fallen, und ein Arsenal an Ungeziefervernichtungsmitteln kullerte vor meine Füße.

Ich erklärte ihr, daß es der Hauptnutznießer heißt, nicht der Hauptnutznießende.

Sie lachte mich aus und ging wie ein Massai davon.

43

Ich beschloß, einen Ersatz für sie zu suchen.

Allerdings wollte ich es nicht gleich an die große Glocke hängen.

Nach einem rücksichtsvollen Abendessen (Stiefi hatte Kalbsbries gemacht, und ich mußte nicht viel kauen) schlug ich mein Nachtlager in einem der zahllosen Gemächer auf, die sich in der Villa meines Vaters tummelten. Dort schrieb ich folgenden Text auf kariertes Papier:

ALTENBETREUUNG VON PRIVAT GESUCHT.

(KEINE KRANKENSCHWESTER.)

HOFFNUNGSLOSER FALL.

PREIS SPIELT KEINE ROLLE.

Ich kopierte das Blatt ein paarmal.

Am nächsten Morgen, als Ansgar und mein Vater das Haus verlassen hatten und Stiefi meine Halbgeschwister in die Schule brachte (zur dritten Stunde, denn vorher war Sport, und davon waren sie befreit), lieh ich mir Stiefis Zweit- oder Drittwagen (Mercedes A-Klasse), was sie mir ausdrücklich untersagt hatte.

Dann fuhr ich damit in der Gegend herum und verteilte mein Stellenangebot. Ich klebte es an Tankstellen und Ampelpfosten und ging in einen Supermarkt, wo ich es am Schwarzen Brett unter der Rubrik »Die lieben Kleinen« einordnete (»Die bösen Alten« gab es nicht).

In der Textilabteilung sah ich keine schönen Stoffe. Man konnte jedoch vernünftige Gardinen kaufen, einfache Sorte, feinfädig, schneeweiß. Das fand ich okay und bunkerte einen Vorrat. Außerdem besorgte ich mir eine Pakkung Perlmuttknöpfe, Reißverschlüsse und Alufolie, die man gut als Manschettenstärker nehmen konnte.

Ich nähe mir meine Kleidung lieber selber. In dem geliehenen Zeug von Ansgar kam ich mir wie ein Wurm vor.

Als ich aus dem Supermarkt trottete, schien mir die Welt wieder ein bißchen mit Wärme gefüttert. Wie fiaskoreich die kommenden Tage auch sein mochten, ich mußte ihnen zumindest nicht ohne Autorität entgegentreten. Ich würde schlicht und ergreifend weiß sein, wenn diese abgedroschene Formel erlaubt ist. Weiß ist eben nicht nur die Farbe der Hochzeit und der Krankenschwestern, sie ist auch die Farbe des Kummers, die Farbe des Friedens, die Farbe der Unschuld. Ich finde, man kann sie zu allen Gelegenheiten tragen. Auch Agent Mulder vom FBI trägt ein weißes Hemd, wenn er sich mit Außerirdischen trifft.

Ich stieg in den Wagen, in den man übrigens Gardinen schwer hineinbekommt. Ich schaltete das Radio an und versuchte sofort, den eingestellten Sender (Klassikradio) auszumerzen, aber die anderen Stationen waren auch nicht viel besser. Gleichzeitig schnurrte der Wagen los, bog aus der Parkbucht, und dann sah ich etwas Merkwürdiges. Es war auf der anderen Straßenseite.

Da parkte ein schäbiger, anthrazitfarbener Fiat Uno, mindestens zehn Jahre alt, mit einer Beule am linken Kotflügel und von kalkblassen Exkrementen so stark besprenkelt, als hätte er ein paar Tage in einer Vogelvoliere gestanden.

Weiß kann also auch die Farbe von Scheiße sein, fuhr es mir durch den Kopf.

Ich rollte nah dran vorbei, und mir fiel ein großer, ange-
trockneter Fleck auf, weil er die Form von Irland hatte und
am Beifahrerfenster klebte. Doch dann sah ich ein bebrill-
tes Gesicht hinter dem Fenster, und es war das Gesicht von
Zitrone. Sie schien ebenfalls auf die Scheiße zu sehen, allerdings aus hohlen, teilnahmslosen Augen. Ihre Lippen waren blutleer, von ihrer Gesichtsfarbe will ich gar nicht erst
reden.

Neben ihr verschwammen die gestikulierenden Konturen
eines jungen, mir unbekannten, sehr aufgebrachten Mannes, der auf das Steuer einhämmerte. Er schien zu schreien,
und dann, ich war schon zwei Meter vorbei, stieß er seine
Hand vor und bohrte sie wie einen Schraubstock in ihren
Nacken, um ihren Kopf zu drehen, als hätte er was dagegen, daß sie stundenlang auf die Scheiße stiert.

Ich sah im Wegfahren, wie sie erschrak, und während sich
ihr Nacken und ihre Schultern noch heftig wehrten, zeigte
ihr Mund bereits den Ausdruck sanft lächelnder Verach-
tung, und in diesem Augenblick trafen sich unsere Blicke,
nicht länger als für einen Wimpernschlag.

Ich bremste und setzte widerwillig zurück.

Noch bevor ich neben dem Haufen Schrott zu stehen kam,
war Zitrone aus dem Uno gesprungen. Meine Beifahrertür
schwang auf, und das Mädchen fiel neben mir auf die Gardinen, aber ich sagte nichts.

»Danke«, seufzte sie und blies sich die Haare aus der Stirn,
während sie zornig dem im Rückfenster entschwindenden
Uno hinterherblickte.

Wenn er ein schöneres Auto gehabt hätte, hätte ich ihn für
einen Gynäkologen gehalten.

Die Wut hatte ihre Stirn weiß gekalkt, und ich fragte mich, ob ich nicht einen Artikel loswerden könne über all das Weiße an jenem Tag. Ich schreibe gerne über Grundsätzliches.

Zitrone schimpfte über den Unofahrer. Er sei ein verwirrter Patient, sagte sie, und dann sprach sie lange über verwirrte Patienten, infantile Patienten, perverse Patienten und andere bizarre Nichtigkeiten.

Ich hatte nicht die Absicht, mir ihre Meinung über Patienten anzuhören. Ich wollte sie so schnell wie möglich bei Ansgar abliefern – denn genau auf diesem Weg befand sie sich. Es paßte zu ihr, daß sie öffentliche Verkehrsmittel bevorzugte.

Plötzlich erkannte sie die Nähsachen, auf denen sie saß. Glückschimmernd nahm sie einen Perlmuttknopf in Augenschein, während ihre Hand über die Gardine strich.

»Oh! Ist das für mich? Machst du was für mich?«

Es kostete mich Überwindung, das Mißverständnis aufzuklären, denn sie war ziemlich entzückt.

Aber dann sagte ich in ruhigem Ton, daß ich nichts für sie mache, daß ich nur aus einem Reflex heraus angehalten habe, daß ich aber ansonsten wirklich nichts für sie mache, rein gar nichts, höchstens vielleicht ihre Nachfolgerin suchen, das mache ich für sie.

Ihr Blick fiel auf eines meiner Stellenangebote.

Das brachte uns nicht gerade näher.

Ich versuchte, noch schneller zu fahren.

Über uns segelten in großer Höhe zwei Kraniche nach Westen, und aus ihrer Perpektive muß unser Wagen wie Leuchtspurmunition ausgesehen haben.

Daher war es kein Wunder, daß uns schließlich ein unfreundlicher Streifenpolizist anhielt und kontrollierte.

Sowohl der Polizist als auch ich staunten, in welches Gelächter Zitrone ausbrach, als sie erfuhr, daß ich seit vier Jahren keinen Führerschein mehr besaß. Dieses Gelächter war so wild und ungewöhnlich, daß ich es später nur als indianisch bezeichnen konnte.

— 7 —

Weiß ist die Farbe der Opfer.

Opfer der Liebe. Opfer des Lebens. Opfer der guten Manieren. Tischdecken sind weiß und Opferlämmer und von Spitzen durchbrochene Leichenhemden. Die Farbe Weiß eignet sich vorzüglich, um damit zu kapitulieren.

Meine Begeisterung für alles Weiße schmolz dahin, je mehr ich darüber brütete. Mir fiel ein, daß ich nie eine Beziehung zum Schnee hatte. Bei Schnee denke ich an Lawinen. Und bei Lawinen denke ich wieder an Opfer. Auch Milch mochte ich nur, wenn Kakao drin war. An Michelangelos David hat mich der Marmor gestört. Und Gardinen halten das Licht ab.

Wieso nur hatte ich mir weiße Gardinen gekauft?

Das war eine dieser spontanen Fehlentscheidungen, von denen ich zeit meines Lebens heimgesucht werde. Ich bin ein wankelmütiges, unsicheres, unzuverlässiges Schneiderlein, das die unmittelbar einleuchtende Richtigkeit, die Kleidung im Idealfall transzendiert, immer knapp verfehlt.

Ich saß an Stiefis Nähmaschine.

Und während ich schlechtgelaunt nach einem Brigitte-Muster drei weiße Hemden zusammenhämmerte, sehnte ich mich nach was Schwarzem. Und als ich an all die vielen

Möglichkeiten dachte (das zarte Schwarz der Transparenz, das mir nahegehende Schwarz des Trauerflors, das tief königliche Schwarz des Samtes, das offizielle Schwarz der Lackaffen, die Schwarztöne der Wollust, des Mordes, der Menschenfresser), fiel mir ein, was Schwarz bedeutet.
Schwarz ist die Farbe der Täter.
Die Farbe der Killer. Der Sonnenbrillen. Der Exorzisten. Auch die Farbe der Macher. Und natürlich die Farbe der Arschlöcher.
Die Zeitschrift, für die ich ab und zu schreibe, heißt »Glamour«. Man spricht es wie im Französischen, also ähnlich wie Amour oder Tambour.
Die Redakteurin, Marie-Lou, findet, mein Stil, meine Sprache seien in letzter Zeit abgeglitten. Und meine Themen lägen nicht mehr am Puls der Zeit. Und Arschlöcher hätten in einer Zeitschrift nichts zu suchen, die Glamour heißt. Ich solle lieber über Leute wie Gilles Dufour oder Hervé Léger berichten, die nun wahrlich das zarte Schwarz des Arschlochs wie auch das staubige Weiß des Heroins in die Prêt-à-porter-Kollektionen getragen haben.

All diese wirren Gedanken gingen mir durch den Kopf, als ich die Ärmel meiner Garderobe zusammenstichelte.
Wenn ich ehrlich bin, war ich aber nicht wegen Marie-Lou oder Glamour oder der Gardinen durcheinander. Ich war vielmehr verwundert, daß sich so wenig Leute auf meine Anzeige hin meldeten.
Was heißt wenig.
Kein Mensch meldete sich.
Wahrscheinlich dauert das eben eine Weile, dachte ich trot-

zig und ärgerte mich, daß ich »hoffnungsloser Fall« geschrieben hatte. Stiefi ärgerte sich eher über den Satz »Preis spielt keine Rolle«. Papa ärgerten Stellenanzeigen überhaupt, sofern sie nicht der Solm Zement AG frisches Blut zuführten. Und Ansgar ärgerte sich, weil ich seine Handynummer angegeben hatte.

»Scheiße, Jesko. Wie schaffst du das, daß sich alle über dich ärgern? Du bist erst zwei Tage hier, und schon bist du unerträglich!«

Er stand plötzlich neben mir im Zimmer, blickte auf die surrende Nähmaschine, die ich nicht abzustellen gedachte.

»Ich hab doch gesagt, ich nehme deine Freundin nicht«, sagte ich.

»Und Stiefi hat gesagt, du nimmst ihr Auto nicht.«

»Auf mein Wort kann man sich eben verlassen!«

»Findest du das komisch, ja? Findest du das komisch, daß dich Papa aus dem Knast holen muß?«

»Knast!« wiederholte ich, um das Wort lächerlich zu machen.

»Die hätten dich eingebuchtet, wenn es Papa nicht wieder gerichtet hätte. Wer dreimal ohne Führerschein erwischt wird, den buchten die ein!«

»Warum regst du dich so auf, es ist gar nichts passiert.«

»Ich hab dir gesagt, wir wollen das dezent haben. Kein Skandal. Kein Geschnüffel. Und da fährst du mit hundertsechzig Sachen ohne Führerschein in die Juchhe und klebst meine Privatnummer an jede Wand mit der Mitteilung, daß ich meine wahnsinnige Mutter loswerden will? Warum tust du mir das an? Ist dir nicht klar, warum wir diese ganze Scheiße machen?«

»Um mir das Leben zu retten?«

»Wieso sagst du das so ironisch? Wieso? Ich hasse das, wenn du so bist! Zeig ein bißchen Respekt! Wir haben doch darüber gesprochen! Wir haben doch lang und breit darüber gesprochen, oder? Aber du hältst dich nicht dran! Du vergißt alles! Hast du denn wenigstens deine Tochter kontaktiert inzwischen?«

Das war keine gute Idee von ihm, Charlotte erneut ins Spiel zu bringen. Das war eine sehr schlechte Idee, und ich stellte die Nähmaschine ab und wartete, bis es ganz still war, und dann verletzte ich meinen Bruder mit ein paar Worten, denn obwohl er so groß und stark war, konnte ihn dennoch jedes Wort von mir verletzen, sogar das dümmste.

Er ging wütend davon, stieß die unerhörtesten Behauptungen aus, sogar daß Schwarz und Weiß keine Farben seien, behauptete er.

Seit Jahren leben wir in dieser geflügelten Bitterkeit, die im Rhythmus der Zugvögel verläßlich entkommt, an südlichen Gestaden überwinternd, und wenn sie fast vergessen ist, verdüstert sich der Himmel, sie kehrt zurück und baut sich in unseren Herzen ihr Nest.

Mein Gott, ich schreibe schon so wie meine Redakteurin Marie-Lou. Mir fehlen die einfachen Worte, weil alles so kompliziert ist, so unendlich kompliziert ist.

Ich ging zu Ansgar, als es dunkel wurde.
Ich setzte mich neben ihn in das-Büro-hier.
Ich starrte auf die kurländisch-livländische Kartographie

an der Wand und erklärte, daß ich es so mache, wie er
wünscht. Schön, also der Bluttest.

Schön, Punktion, meinetwegen.

Dazu wählte ich einen Ton, der ihm nicht behagt (frostig-
gewährend), um meine große Liebe für ihn zu verschleiern.
Und da er mein Bruder ist und dazu verurteilt, mich auf
ewig zu verstehen, kamen wir uns kurz nah. Es war ein
Moment, den man gar nicht schildern kann. Draußen rief
jemand, daß es Essen gebe, vermutlich die von mir ent-
täuschte Stiefi, und im gleichen Augenblick zog der Duft
von Nicht-für-mich-Gekochtem durch die Festung, und
als wir die Treppe hinunterstiegen, sah ich Ansgars gelöstes Lächeln, und ich versprach – da ihm so sehr daran gelegen war –, mit Zitrone die Friedenspfeife zu rauchen.

Seit ihrem indianischen Gelächter war es zumindest möglich, dafür ein Streichholz zu finden.

Sie bemühte sich um Gleichmut, als wir uns im Krankenhaus begegneten. Sie trug Schwesterntracht und Häubchen.
Ansgar und ich waren schon da. Zitrone kam später, weil
mein Bruder nicht zusammen mit ihr und unserer Mutter
gesehen werden wollte.

Als Käthe, von Zitrone gestützt, den Krankenhausgang auf
uns zuschlurfte, wirkte sie abgetaucht, wie ein ins Meer ge-
stürzter russischer Satellit, der hin und wieder ein Funksi-
gnal sendet. Ihr zerbrochenes Antlitz war geschniegelt und
gestriegelt. Die Haare kriegsschiffgrau, aber gewaschen. Jemand hatte ihr ein Herrenjackett übergestreift und die Krater und Nikotinflecken auf den Wangen mit Rayon-y-Pun-

tas-Creme eingerieben. Hätte nur noch gefehlt, daß man ihr Schleifchen ins Haar bindet.

Professor Freundlieb saß über seinen Schreibtisch gebeugt und studierte den Terminkalender. Er war ein alter jüdischer Dandy mit weißem Haar, das ihm ständig ins Gesicht fiel. Er warf es mit einer kurzen, rüstigen Kopfbewegung zurück. Er ließ uns spüren, daß er im selben Golfclub wie Papa war, denn normalerweise mußte man ein halbes Jahr auf einen Operationstermin warten.

»Mittwoch um sieben Uhr ginge es. Da ist noch frei«, meinte er schließlich.

Mittwoch bedeutet sechs Tage, dachte ich.

»Das wäre schön«, sagte Zitrone. »Vielen Dank, Herr Professor!«

Wir saßen im Halbkreis vor ihm. Mama wartete halb verborgen hinter einem Paravent. Man hörte nur, wie ihre Finger die Unterlage aus Papier zerrissen, auf der sie lag, ein leises, schläfriges Reißen.

Sechs lange Tage.

Der Arzt wandte sich an Ansgar.

»Ihr Vater hat mich um Diskretion gebeten. Aber der Eingriff ist nicht ohne Risiken. Wir brauchen daher ein schriftliches Einverständnis Ihrer Mutter, Herr Solm. Oder ist sie entmündigt?«

»Nein«, sagte Ansgar.

»Dann muß sie hier unterschreiben.«

Er schob ihm ein Papier hinüber. Ansgar nahm das Papier mit der beredten Geste, nicht zuständig zu sein. Er war nervös, schien in ständiger Furcht, daß die Tür auflöge, eine Meute Reporter hereinstürzte und schrie: »Sie hier,

Herr Solm? Der zu schönsten Hoffnungen Anlaß gebende Juniorchef der Solm Zement AG? Und wer ist diese naive kleine Krankenschwester an Ihrer Seite? Und dieser nicht mehr junge Mann mit dem irren Blick und der weißen Gardine um den Hals? Und diese alte Alkoholikerin dort hinten, der Sie so verteufelt ähnlich sehen?«

Mama nuschelte irgendwas, aber niemand verstand es, und wir blickten uns um.

»Am Mittwoch kann ich nicht«, wiederholte sie.

Sie ließ alle Blicke abprallen.

»Da bin ich auf der Rennbahn.«

»Auf welcher Rennbahn, Mama?« fragte ich.

»Auf der Pferderennbahn.«

Der Herr Professor strich sich über die Nase.

»Hier gibt es keine Pferderennbahn«, bemerkte er klug.

»Aber in London«, erklärte Käthe.

»Sie fliegen nach London?« wollte Herr Freundlieb wissen.

»Ich reite.«

»Nach London?«

Sie nickte ernst.

»Diesmal werden wir gewinnen. Meine Araber. Schöne Tiere. Sehr schöne Tiere.«

Die schönen Tiere preßten sich durch ihre Lippen, fast ohne diese zu öffnen, in eine ausgehöhlte Stille hinein, in der man nur ein fernes Handy piepen hörte, jenseits der Wand, auf die wir alle starrten.

Der Professor warf irritiert das Haar aus der Stirn, das er für ein paar Sekunden über dem linken Auge vergessen hatte. Dann senkte sich seine Strähne wieder langsam.

55

»Gut«, sagte er, als sie schließlich über seine Augenbraue glitt. »Was ist mit Donnerstag?«

Alles, was du jemals erreichen kannst, wandert auf den Müll. Alles, worauf du jemals stolz sein könntest, endet im Abfall. Du verschwindest. Und wenn du verschwunden bist, wird es sein, als wärst du niemals dagewesen.

Am Ende setzte Käthe einen Bruchteil ihres Namens auf das Papier, das ich ihr hinstreckte. Ich konnte nur ein K erkennen.

Donnerstag bedeutet sieben Tage.

Als wir die Festung erreichten, wurde mir klar, daß weder Schwarz noch Weiß die Lösung war, und ich mischte die Extreme und erhielt das gespenstische, beängstigende, unentschiedene Grau, die Farbe frischen, solmschen Zements. Sieben lange Tage.

— 8 —

Erst mal machte ich klar Schiff. Ich nahm einen Riesenkanister »blanko rein express«, und die Kakerlaken verschwanden.

Auch den Mäusen brachte ich Respekt bei.

Ich verteilte die Fallen an den richtigen Stellen und streute weiß-blaue Giftkügelchen an ihre Lieblingsplätze, und gleich drei gaben innerhalb der ersten vierundzwanzig Stunden den Löffel ab. Ich legte die Leichen wie dicke Havannas in ein Zigarrenkästchen, aber da Stiefi erst wieder mit mir sprechen wollte, wenn ich im Besitz eines Führerscheins war, wußte ich nicht, ob sie in den Biomüll, den Sondermüll oder den ganz normalen Hausmüll gehörten. Daher schenkte ich sie Khomeini, der mit ihnen spielen wollte.

Zum Schluß war das Tantenhaus so sauber, daß man dort Operationen am offenen Herzen hätte vornehmen können. Mama zog in das vordere Zimmer mit der Schiebetür zum See, Zitrone in das hintere, in das die Küche integriert war. Ich packte die neue Matratze, die mir Ansgar besorgt hatte, und legte sie auf die Veranda. Den ebenfalls neuen Schlafsack rollte ich aus, griff in mein Tablettenreservoir und pflanzte mich hin.

Ich nahm mir Bleistift und Papier, ging in die stabile Seitenlage und schrieb, vom Morden erschöpft, endlich einen Brief an meine Tochter. Liebe Charlotte, schrieb ich.

»Du willst doch wohl nicht hier draußen schlafen?« fragte Zitrone.

Sie lehnte an der Brüstung der Veranda und schüttelte ihre Decke aus. Natürlich hatte sie sich bei ihrem Einzug gleich das von Milben zerfressene und vom Odeur meiner Mutter verwüstete Deckbett gesichert, um sich dort allerliebst hineinzukuscheln, damit wir verschont blieben von Schmutz und Bakterien. Allen Krankenschwestern scheint dieses Rote Kreuz in die Stirn gebrannt zu sein, diese beknackte Rücksichtnahme aus Gründen der Selbsterhöhung, ohne deren moralischen Nährwert sie verhungern müßten in der Wüste ihres Ichs.

»Hier ist frische Luft«, sagte ich düster und machte mit dem Brief weiter.

»Das ist doch viel zu feucht. Und wenn es regnet! Du kannst bei mir im Zimmer schlafen.«

»Da sind Mäuse.«

»Die tun dir nichts. Und ich tu dir auch nichts.«

Ich schrieb Charlotte, daß es mir leid tue, daß ich mich so lange nicht gemeldet hätte, daß ich aber nun beim Opa sei und im Tantenhaus wohne und jeden Abend die Sterne sähe und mir dann unseren gemeinsamen Stern angucke, die wolkenverhangene Venus.

»Was ist?« hakte Zitrone nach.

»Ich schlafe draußen«, beharrte ich.

Du mußt auch wissen, schrieb ich weiter, daß ich hier nicht alleine bin, sondern eine Krankenschwester mit einer Brille ist bei mir und hängt gerade eine Decke über die Brüstung und kommt zu mir herüber, und ihr Schatten fällt halb auf das Papier, es ist ihr Arm, und ich male mal (schreib nie »male mal« in einem Deutschaufsatz, mein Kind!), also ich male mal die Linie ihres Armes, und diese kleinen Linien an der Seite, das sind ihre Armhärchen, von denen hat sie ganz viele, denn sie hat einen viel zu starken Haarwuchs dafür, daß sie blond ist.

»Du magst mich nicht, das ist okay, Jesko. Ich akzeptier das, obwohl es mich ziemlich beschäftigt, wenn man mich nicht mag. Also, wenn du so tust, als wenn du mich magst, wäre es für mich ein bißchen leichter, auch wenn ich weiß, daß du mich nicht magst.«

»Ich kenne dich nicht.«

»Ja, und?«

»Bevor ich Leute mag, muß ich sie erst mal kennen.«

Ach, kleine Maus. Die Brillenschlange läßt sich vor mir nieder, vor mir nieder läßt sie sich.

»Es gibt da einen ganz einfachen Trick, Leute zu mögen. Stell dir einfach einen Film vor. Zum Beispiel ... ›Titanic‹. Magst du den?«

»Bevor ich Filme mag, muß ich sie erst mal ...«

»Schon gut«, sagte sie und pflückte mir den Bleistift weg. »Also stell dir deinen Lieblingsfilm vor, deinen absoluten Lieblingsfilm!«

»Hm«, sagte ich.

»Und dieser Film bin ich.«

»Das ist alles?«

»Du mußt ihn dir richtig vorstellen. Alle schönen Szenen. Alles, was dich begeistert und fasziniert. Alles Positive! Filme sind doch auch nur Illusion. Nichts als Schatten und

Licht. Und genauso sind Menschen. Kannst du mich so mögen? Wie einen Film?«

»Mein Lieblingsfilm ist ›Die Ozonfalle‹!«

»Aha.«

»Da geht es um Ozon in dem Film. Und wie wir es vernichten. Es ist ein Dokumentarfilm.«

Schweigen.

»Aber ein guter.«

Ich holte mir den Bleistift zurück.

»Na schön, dann schläfst du eben draußen.«

Jetzt steht sie wieder auf. Sie entfernt sich. Von hier aus sehe ich nur ihre Füße, die schnell wegtapsen. Ah, wie ihre Fersen abrollen! Sie hat Plattfüße! Die male ich Dir auch gleich. Dann kannst Du Dir etwa vorstellen, wie sie läuft. Jetzt ist sie ins Haus gewatschelt. Ich hoffe, es geht Dir gut, und Du machst in der Schule keinen Unsinn. Ich liebe Dich sehr. Grüß die Mami von mir und auch den Tobias. Oder war es Stefan? Sei ganz fest gedrückt von Deinem Papi.

Die ersten Tage liefen recht gut. Wir lebten abseits der anderen. Zitrone behelligte mich nicht mehr, außer mit Kochen. Sie konnte nicht kochen, kochte aber trotzdem, weil sie meinte, meine Mutter und ich bräuchten gesunde Ernährung. Mich störte nur der Mangel an Fleisch. Sie war Vegetarierin. Anfangs gab es weder Hühnchen noch Schwein, weil sie es nicht richtig fand, daß Menschen andere Lebewesen essen. Ich erklärte ihr, daß mit dem Fleischverzehr die Kultur des Menschen überhaupt erst beginnen konnte. Sonst hätte er keine Zeit für Höhlenmalerei gehabt, weil er ununterbrochen hätte Obst essen müssen.

Ich rechne es ihr hoch an, daß sie Diskussionen stets vermied, da ich stundenlang streiten kann, auch mit Leuten wie ihr, die mich nicht interessieren. Ich bekam mein Hühnchen, sie fraß ihre Körner. Das Wetter war ausgezeichnet. Alles schien halb so wild.

Als Zitrone mir am dritten Tag einen Brief meiner Tochter brachte, tat sie dies sowohl beiläufig als auch kommentarlos. Ohne daß ich es ihr sagen mußte, hatte sie kapiert, daß meine Mutter nichts von ihrer Enkelin erfahren sollte.
Auf dem Umschlag lächelte ein rosa Elefant, aus dessen Rüssel rosa Herzchen flogen, und im größten Herzchen stand: »Huhu, Papi!«
Ich öffnete Charlottes Brief.
Sie schrieb mir, daß sie jetzt auf dem Klavier den Flohwalzer spielen könne. Ansonsten gehe es ihr gut, sie habe gute Noten, und der Stefan sei weggezogen, nach Ägypten, obwohl er gesagt habe, daß er bei ihnen bleibe, für immer (es war nicht Tobias). Sie hatte mich in eine Ecke gemalt in Form eines schielenden Eis mit zwei tellergroßen roten Ohren, eingerahmt von Herzchen und einer Sprechblase, ebenfalls in Herzchenform, und darin stand wieder »Huhu, Papi!«.
Sie war jetzt eindeutig in der Herzchenphase, und ich machte mir Gedanken wegen ihrer G's. Die Unterschwünge der G's waren ziemlich lang, und ich nahm mir vor, doch mal im graphologischen Handbuch nachzulesen.
Ganz unten standen ein paar Sätze in einer anderen Schrift:

»Grüß Dich, Jesko! Ich fahre in der nächsten Woche an die Ostsee zu einem Psycho-Astro-Working. Eine Menge Scherben hier. Ich muß Charlotte bei Dir lassen. Hier regnet es. Im Süden soll es ja schöner sein. Gruß, Mara.«
Maras Unterschwünge waren kilometerlang.
Sie reichten von hier bis nach Ägypten.

Käthe war in den ersten Tagen meist zu ertragen. Man konnte sie lange im Schaukelstuhl auf der Veranda lassen, und dann saß sie einfach nur da und zitterte. Stumpf blickte sie auf den See, spie ab und zu in hohem Bogen ins Wasser, und wenn ein paar Bläßrallen und Haubentaucher sich locken ließen und mit ihren orangeroten Füßchen eifrig herangepaddelt kamen, wurden sie von Mamas Spucke ins Kreuzfeuer genommen. Leider reichte ihre Spucke nicht, sie klagte oft über einen trockenen Mund und wollte Stoff. Aber Zitrone gab ihr nur Wasser zu trinken, Apollinaris, und Mama meinte, wenn sie Wasser trinken soll, das wäre so, als müßte sie Benzin trinken.
Manchmal bekam sie ihre Anfälle, etwa ein- bis zweimal am Tag.
Das Gebiet hinter ihren Augen verfärbte sich und wurde von der Polymorphie ihrer erfundenen Berufe bevölkert. Sie verwandelte sich dann in die Professorin für Zahnheilkunde, in eine Schlagersängerin, in die ehemalige Ballerina, die nun eine Ballettschule für leptosome Elevinnen leitet. Es war nicht möglich, zu ihr vorzudringen, sie lag in einem Faß voller Jahre, das niemand aufschlagen konnte.
Dennoch versuchte Zitrone genau dies, und zwar ohne daß Käthe es merken sollte.

So erzählte sie ihr eines Morgens nach dem Aufstehen, daß sie mit meinem Bruder verlobt sei.

Das hatte Käthe noch nicht gewußt. Sie glotzte nur dumpf.

»Mit meinem Ansgar?«

Zitrone lächelte. Käthe sah mich an.

»Ist sie denn gut genug für Ansgar?«

Ich wußte nicht, was ich dazu sagen sollte. Käthe trottete zwei Schritte auf Zitrone zu.

»Was wollen Sie denn einmal werden?«

»Sie ist Krankenschwester, Mama, das weißt du doch. Sie ist schon groß. Komm, setz dich wieder!«

»Krankenschwester! Naja! Ich bin Schatzsucherin!«

Zitrone nickte freundlich.

»Wenn ich wieder gesund bin, brech ich nach Manila auf! Um dort das Gold von Marcos zu finden!«

Ich rollte mit den Augen und schob meiner Mutter den Schaukelstuhl zurecht.

»Aha«, sagte Zitrone.

»Er hat es versteckt! In einem Tunnel!« lachte Käthe heiser.

»Wenn du so Mitte dreißig bist, da fragst du dich langsam, wohin die Reise gehen soll. Ich war drei Monate in einer Kur und hab über mein Leben nachgedacht und was ich machen soll. Da kam mir plötzlich die Idee: steinreich werden!«

»Das ist eine sehr gute Idee!« meinte Zitrone.

»Mama!« sagte ich.

»Was ist?«

»Du bist nicht Mitte dreißig!«

»Ich bin nicht Mitte dreißig?«

»Ich bin Mitte dreißig!«

»Quatsch!«

»Mama! Du bist nicht Mitte dreißig! Du kannst gar nicht Mitte dreißig sein, sonst wär ich ja nicht Mitte dreißig!«

Käthe machte eine Pause. Man spürte förmlich, wie ihr Hirn festhing, wie ein Mühlrad, auf das leichter Regen fällt. Schließlich gab sie sich einen Ruck.

»Na gut, dann bin ich eben Ende dreißig!«

Ich schüttelte den Kopf und sank selber auf den Schaukelstuhl. Ich hatte Geduld, aber ich zeigte, daß ich Geduld hatte.

»Ist ja nicht so wichtig!« sagte Zitrone. »Es ist ja nur wichtig, wie alt man sich fühlt!«

»Genau!« brabbelte Käthe. »Unser Fehler ist, daß wir alle zu kritisch, zu negativ denken! Die Welt richtet sich nach unserem Willen, nicht umgekehrt! Reichwerden ist eine Sache des Willens!«

»Wir waren gerade beim Altwerden!«

»Reichwerden! Altwerden! Wo ist da der Unterschied?«

Ich sprang wütend auf.

»Wo haben sie dir den Scheiß erzählt, Mama? Im Irrenhaus?«

»Wo denn sonst?«

»Du wirst nicht reich, glaub's mir!«

»Ich bin's doch schon. Die Villa, das Grundstück, was meinst du, wo ich das her habe?«

Ich hätte mir am liebsten in die Knöchel gebissen, aber Zitrone blickte Mama ernst an und sagte:

»Haben Sie denn eine Wünschelrute?«

Käthe war für einen Moment verwirrt.

»Na, wenn Sie Schatzsucherin sind, brauchen Sie doch eine Wünschelrute!«

Später bat mich Zitrone, für meine Mutter eine Wünschelrute zu konstruieren. Ich fand das idiotisch, band aber dennoch ein paar Zweige an einen Stock.

Damit ging Mama dann in Zitrones Begleitung über Papas englischen Rasen und stieß, wie nicht anders zu erwarten, auf alte spanische Galeonen.

Zitrone wollte von mir Schaufeln haben.

»Ihr könnt da nicht graben. Das sind Stiefis Forsythien, die da im Weg stehen!«

»Es ist wichtig, daß man deine Mutter ernst nimmt.«

»Da mußt du schon Stiefi selbst fragen.«

»Das merkt doch kein Mensch!«

»Du kennst meine Mutter nicht. Wenn sie glaubt, irgendwo da unten sind spanische Galeonen, dann wird das hier ein richtiger Krater, da bleibt von dem Grundstück nichts mehr übrig, und ich schwöre dir, irgendwann wird sie dich um Dynamit bitten!«

»Dann besorg ich die Schaufeln eben selber!«

Ich riß mich zusammen, überließ Zitrone ihrem Helfersyndrom, das wie ein frischgeschlüpfter Alligator auf sein Opfer zuschlängelte. Ich kümmerte mich nicht darum, sah meistens aus der Ferne den beiden Frauen zu, die mit ihren Ausgrabungen begannen, während ich an Stiefis alter Nähmaschine absurde Hosen für mich fabrizierte.

Um die Hosen kam ich nicht herum, weil dies mein Vater inzwischen zur Bedingung gemacht hatte.

Um meine Wut nicht herunterzuschlucken (asthenisch, sagt mein Arzt), projizierte ich sie auf eine überlebende Maus, die mich nächtens tyrannisierte. Sie lebte genau wie ich auf der Veranda, in selbstgewählter Isolation, was sie vor dem Schicksal ihrer Genossen bewahrt haben mag. Warum sie nicht floh, war mir ein Rätsel. Wahrscheinlich folgte die Maus einem äonischen Gefühl der Rache, das sie bei mir in geradezu tollkühner Weise ausleben wollte.

Kurz bevor ich abends einschlief, vollgepumpt mit meinen kleinen, pharmakokkischen Freunden, kratzten ihre Pfoten wie Vampire über die Planken. Einmal sprang sie über meine Bettdecke, und ich hätte sie fast erwischt. Sie hatte grüne Augen und einen kurzen, abgebissenen Schwanz, und sie wirkte, als wäre sie schon einigen Katzen entkommen, die mehr auf der Pfanne hatten als ich.

Zitrone erwähnte meine nächtlichen Jagdzüge nie. Sie war inzwischen von einer erstaunlichen Konsequenz, was das Ignorieren meines Daseins betraf. Einmal sah ich sie, wie sie sich morgens nackt die Zähne putzte, aber es schien ihr nicht der Mühe wert, den letzten Spalt der Tür zu schließen. Die einzigen Fragen, die sie mir stellte, waren »Wie-geht-es-dir« und »Wie-schmeckt-es-dir«, sie stellte sie jedoch, ohne darauf jemals eine Antwort zu erwarten.

Ich schätze dieses Heraushaltenkönnen aus einem Leben. Wie wenige vermögen das.

— 9 —

Das menschliche Gehirn basiert auf Kohlenstoff. Kohle hat den Nachteil, daß Dinge, die darin gespeichert sind, verlorengehen können. Diesen Vorgang bezeichnet der geübte Neurophilosoph (also ich) als Vergessen. Im Gegensatz zu Computerhirnen verändern sich menschliche Gehirne. Sie entwickeln sich in die eine oder die andere Richtung. Einstein zum Beispiel war, wie man bei Kate Marian (»Genie und Banalität«, Aufbau-Verlag, 18 Euro) leicht nachlesen kann, eine deprimierende Null in der Schule und auch zu sonst nichts nütze. Erst sehr viel später dachte er, wie wohl die Welt aussähe, wenn er sich auf einen Lichtstrahl setzt.
Das Gehirn meiner Mutter ist einen anderen Weg gegangen. Es hat sich aus einem vielversprechenden mentalen Hyperzyklus in pure Materie zurückverwandelt, in ein heißes, klebriges Stück Teer, aus dem es kein Entrinnen gab für die wenigen Gedanken, die noch hinauswollten.
Diesen Eindruck hatte ich jedesmal, wenn ich Mama nebenbei beobachtete, wie sie, auf Knien rutschend, ihre Wünschelrute zwischen den Beinen, mit einem kleinen Schäufelchen im Garten meines Vaters herumstocherte. Ihre Züge blieben dabei starr, leblos, ihre Hand schien gar nicht zu ihr zu gehören, sie blickte in die langsam entstehende Grube, als würde dort das große Los gezogen.

Doch ich täuschte mich.

Nichts hat meine Mutter vergessen.

Gar nichts vergessen wir. Alles bewahrt die Kohle in unserem Schädel, bis sie vollkommen in Rauch aufgeht, und das längst Vergangene verlöscht zuletzt.

Es war ein heißer Sonntag.

Ich lag im Schatten der Birken und zählte die noch verbleibenden Tage.

Eins, zwei, drei, vier.

Eine Pflanze wuchs nur wenige Zentimeter neben der Stelle, auf die ich mich gebettet hatte. Später las ich, daß sie Sonnentau heißt, sehr selten vorkommt und in feuchten Lößböden lebt. Da sie nur zur Mittagszeit ihre winzigen Sternblüten öffnet, muß es etwa ein Uhr oder vielleicht auch halb zwei gewesen sein.

Ich hörte das monotone Sägen eines Rasenmähers von der Festung herüberwehen, kümmerte mich aber nicht darum. Der Sonnentau hatte einen Käfer gefangen. Es war aber wohl schon einige Tage her. Bis auf kleine Chitinreste war er völlig verdaut. Die Pflanze schien ausgehungert. Ich wartete darauf (und gebe zu, daß hier eine perverse Häufung vorliegt), daß sie Appetit auf jene Schnake bekäme, die wiederum ihren Appetit an mir zu stillen suchte.

Das alte Lied der Nahrungskette.

Der munter summende Darwinist merkte daher gar nicht, daß plötzlich ein Geräusch verlorenging.

Erst als Mama den Rasenmäher fünf Meter an mir vorbei schob und auf das Seeufer zustapfte, ohne ihren Schritt zu mäßigen, ja eigentlich erst, als sie das Gerät mit finalem

Schwung in das Gewässer rollte, wo es nach kurzer Strecke im Schlamm steckenblieb und träumerisch sank, wurde mir klar, daß sein Motor schon Minuten zuvor verstummt war.

Käthe rieb sich zufrieden die Hände.

Dann verschwand sie wieder aus meinem Gesichtskreis.

Der Sonnentau, die Schnake und ich blieben zurück.

Der See gurgelte.

Ich stand auf und schritt nach oben, durch knirschendes, von Staub und Hitze gekalktes Gras, das mir bis hoch an die nackten Waden reichte. Ich trug nichts außer einer selbstgeschneiderten Chino und einer weißen, zum T-Shirt gestutzten Gardine.

Als ich den Rasen am Fuße der Festungsmauern betrat, bemerkte ich zuerst nur seine Unversehrtheit. Doch dann, ich stand unmittelbar davor, sah ich das riesige Hakenkreuz, das exakt ins Grün hineingefräst worden war, sechs Meter im Quadrat, bedeckt von geköpften Grasbüscheln und allerlei flüchtendem Getier.

Käthe saß wenige Schritte daneben in ihrer Grube und betrachtete ihr Werk.

In der Festung drüben öffnete sich ein Fenster im ersten Stock, und als ich aufblickte, erspähte ich Stiefis aufgerissenen Mund, dem man auf die Entfernung nicht ansehen konnte, ob er irgendwas stammelte, es schien aber nicht so zu sein.

Die Fragen, die ich doch nicht hätte beantworten können (Wieso paßt du nicht auf deine Mutter auf? Wie ist sie an den Rasenmäher gekommen? Warum geben wir dem Gärtner Urlaub, ausgerechnet jetzt, jetzt, jetzt?), umging

ich, indem ich wieder in den See hineinstakste. Ich hievte
die Maschine aus dem Schlick und brachte sie an Land.
Dann schüttete ich Wasser aus dem Motor, auch klebrigen
Fischlaich, und riß mehrmals vergeblich an der Anlasser-
leine.

Niemand, nicht einmal ich selbst, schenkte meinem Tun
Beachtung.

Gerne wäre ich zum Sonnentau zurückgekehrt. Vermutlich zog er soeben die Schnake hinab auf den Blattgrund,
da sie, wegen meiner Abwesenheit betrübt, durch den Tu-
mor meines Blutes besoffen, die Beherrschung verloren
hatte, hineingerast war in die knallroten, kölbchenartigen
Verdickungen der Blattränder, die sich nun um sie einroll-
ten, sie zu zersetzen begannen, sie und ihre Leukozyten,
das heißt meine, wenn man es genau nimmt.

Und während ich diesen umständlichen Gedanken nach-
hing, die so gar nicht zur Mittagshitze passen wollten, befand ich mich schon wieder auf dem Weg zum väterlichen
Rasen, unbewußt dorthingetrieben, vielleicht schon in der
Spur jenes Verhängnisses, das am Ende auf uns warten
sollte, bereit, uns alle zu verschlingen.

Von weitem konnte ich erkennen, daß inzwischen Zitrone
aufgetaucht war. Sie war in der Festung gewesen, hatte
sich gebadet womöglich, anders konnte ich mir ihren Turban nicht erklären. Sie goß eine Fontäne hilfloser Gesten
auf Käthe, die vor ihr sitzen blieb und nicht sehr benetzt
schien. Zitrones Stimme war hell und traurig zugleich.

»Ich verstehe Sie nicht, Frau Solm. Was sind Sie für ein
Mensch?«

»Ich bin Schatzsucherin.«

»Ja, aber Sie haben doch etwas in den Rasen gemäht.«

»Der Garten sieht sowieso furchtbar aus.«

»Aber jetzt sieht er noch ein bißchen furchtbarer aus.«

»Wollen Sie etwa sagen, ich bin schuld?«

»Es geht nicht um Schuld hier! Es geht um das Verstehen!«

»Meinen Sie, ich verstehe nichts vom Mähen?«

»Frau Solm! Sie haben ein Hakenkreuz in den Rasen gemäht!«

»Immerhin haben Sie es erkannt! So schlecht kann ich also gar nicht gemäht haben!«

Drüben, auf der Freitreppe der Festung, hatte sich der Rest meiner Familie versammelt und starrte herüber. Man war gerade vom Mittagstisch gerissen worden. Einige Servietten baumelten aus Hosen. Keiner machte Anstalten, die Bühne zu betreten. Mama erhob ihre Stimme und schrie meinem Vater, der sich nur kurz und kauend zeigte, wütend etwas zu.

»Warum rufen Sie so was?« fragte Zitrone. »Herr Solm tut Ihnen doch nichts! Oder Frau Solm!«

»Das ist nicht Frau Solm! Das ist höchstens Frau Solm Zwei!«

»Warum rufen Sie es?«

»Warum nicht?«

»Es ist nicht schön!«

»Darum ruf ich's ja, weil es nicht schön ist!«

»Es ist falsch!«

»Oh nein, es ist richtig!«

»Frau Solm!«

Käthes leeres Gesicht füllte sich mit etwas. Sie kletterte aus

71

dem Erdloch. Ihr Körper knarrte. Die zitternde Hand fuhr über den Schlund ihrer Augen, schaufelte Erdkrümel hinein, beschirmte dann den Blick, und mit einer Stimme, die ich mir von ihr leihe, wenn ich konzentriert bin, beschrieb sie ihren Schwiegervater, den sie »SS-Solm« nannte. Wegen ihrer fehlenden Zähne klangen die drei Zischlaute beinahe versöhnlich.

Sie wirkte im Profil ganz vernünftig (also aus meiner Sicht), frontal wahrscheinlich weniger (also aus Zitrones Sicht).

Sie sagte, daß SS-Solm höchster HJ-Führer im Baltikum gewesen sei und Stiefellecker Heydrichs und seine Frau so oft geschwängert habe, bis diese das Mutterverdienstkreuz in Gold bekam, allerdings posthum (sie sagte nicht »posthum«, sondern benutzte ein Wort, das ich nicht wiedergeben möchte), da die Gute nach dem fünften Kind vor Erschöpfung verblutet sei, und Mama sprach sehr schnell, als hätte sie Angst, man könne sie unterbrechen, aber Zitrone hörte nur zu, und an der Freitreppe blickten alle besorgt in die Lüfte, als ein Flugzeug in mittlerer Höhe Richtung Frankfurter Flughafen kroch.

Von dort oben sah unser Rasen wahrscheinlich ziemlich verboten aus.

Stiefi tippelte panisch ins Haus zurück. Mein Bruder trat zwei Schritte zur Seite, griff zu seinem Handy und versuchte in den nächsten Minuten, per Telefon einen neuen Rasenmäher zu kaufen.

Aber es war ja Sonntag.

Meine Mutter blickte nicht ein einziges Mal hinüber. Sie benutzte ein matschiges S nach dem anderen, hechelte ihre Tirade, ohne Atempause, um ihrem Schwiegervater, meinem Opapa, jenen Tod zu wünschen, der schon vor Jahren eingetreten war, was sie womöglich gar nicht wußte.

»Das Schwein hat mir vorgeworfen, ich würde meine Kinder nicht akademikergemäß erziehen! Akademikergemäß! Was sagst du dazu, Jesko? Habe ich dich etwa nicht akademikergemäß erzogen?«

»Ich weiß nicht, Mama!« sagte ich.

»Du weißt es nicht?«

»Nein!«

»Wieso weißt du es nicht?«

»Ich bin kein Akademiker!«

Stiefi kam wieder aus dem Eingang gerannt. Unter ihren Armen klemmten Berge bunter Tischdecken. Sie eilte zu Saddam und Khomeini, verteilte die Wäsche. Alle drei stürmten den Rasen und begannen hastig, das Hakenkreuz mit belgischen Spitzen-, profanen Wachstuch-, maßvollen Leinen- und feierlichen Weihnachtstischtüchern zu kaschieren. Am Ende hätte uns jeder Pilot, der das Grundstück überflog, ein faschistisches Picknick zugute gehalten.

Doch dann brachte der Chauffeur eine Sense.

Später sah ich, wie Ansgar vor Zitrone kniete, die weitab im Gras saß. Er löste ihren Turban und trocknete mit dem Handtuch ihre Kopfhaut, als wäre sie ein wertvolles, fünftausend Jahre altes ägyptisches Pergament, das von Pharaonenstaub gereinigt werden müßte. Sie hatte die Augen geschlossen. Seine Lippen schlichen sich auf ihre, und er rieb ein wenig stärker, so daß womöglich ein paar Hieroglyphen abgeschmirgelt wurden, aber ihr schien es nichts auszumachen.

Ich ging ins Tantenhaus.

Als Zitrone kam, waren ihre Haare knochentrocken.

»Das war schlimm heute«, sagte sie erschöpft.

Ich saß am Piano.

»Wie war denn dein Großvater wirklich?«

Ich klimperte ein Largo aus dem Klavierkonzert G-Dur.

»Oder hat sie sich das auch nur ausgedacht?«

»Frag meinen Bruder!« sagte ich und spielte weiter.

»Er hat gemeint, ich soll dich fragen!«

»Das ist Tafelmusik«, behauptete ich. »Von Georg Philipp Telemann.«

Mich traf ein längeres Schweigen.

»Vielleicht hast du recht. Es geht mich nichts an«, sagte sie schließlich.

Ich nickte und begann eine erbärmliche Let-it-be-Impro, obwohl ich die Beatles nicht besonders mag.

»In meiner Familie«, fuhr sie fort, »würde man anders damit umgehen!«

»Mit was?«

»Mit allem!«

»Ist es eine erfolgreiche Familie?« fragte ich.

»Was ist eine erfolgreiche Familie?«

»Eine erfolgreiche Familie ist eine erfolgreiche Familie!«

Sie starrte mich an.

Offensichtlich hatte ich mich nicht klar genug ausgedrückt.

»In einer erfolgreichen Familie«, setzte ich erklärend nach, »gibt es keine Krankenschwestern. Und Müllmänner auch nicht.«

Ich habe keine Ahnung, warum ich so bin. Ich wollte es nicht an ihr auslassen. Vielleicht lag es an den Beatles.

Als sie schon im Bett lag und noch was las mit Hilfe eines Lämpchens nördlich ihrer Haare und Mama keinen Muckser mehr von sich gab, trat ich ohne anzuklopfen in Zitrones Zimmer. Sie hat so eine bestimmte Art, die Seiten ihres Buches umzublättern, noch während man eintritt, und es wird dir klar, daß du unerwünscht bist, du mußt nur schauen, wie sie jede einzelne Seite zerreibt, zwischen Daumen und Zeigefinger, so als würde sie prüfen, ob es wirklich Papier ist. Ich blättere meinen Seneca ganz anders um, ein bißchen so, wie ich Marie-Lous Glamour umblättere, ich gebe es zu. Sie liest jedoch weder das eine noch das andere. Sie liest eher Bücher, die »Geh, wohin dein Herz dich trägt« heißen, oder »Grüble nicht, liebe!«.

Ich blieb vor ihrem Bett stehen. Sie ist kein Typ, der »Raus!« oder »Verpiß dich!« sagen kann, wenn man mit gesenktem Haupt vor ihr aufkreuzt. Irgendwann sah sie auf, ließ das Buch sinken (mit rotem Drachen) und strich über die langen Härchen auf ihren Unterarmen, die sich immer wieder aufrichteten.

Ich schlug vor, ihr das Blut-und-Boden-Mosaik zu zeigen.

Das Blut-und-Boden-Mosaik liegt auf der anderen Seite der Festung, in der Luxusabteilung unseres Gartens, die wir selten betreten.

Zitrone fragte, was ein Blut-und-Boden-Mosaik überhaupt sei.

Es sei ein Hinweis darauf, sagte ich, wie eine erfolgreiche Familie damit umgeht.

Mit was?

Mit allem.

— 10 —

Vor zehn Jahren, kurz nach der Unabhängigkeit der baltischen Staaten, wollte mein Vater, daß ich sehe, wo er geboren wurde, hatte aber nur vierundzwanzig Stunden Zeit.
Wir landeten mit einem Privatjet in Tallin. Vor dem Flughafen wartete ein schwarzer Lada, den wir über das Reisebüro gebucht hatten. Der Chauffeur war Este und hieß Luv. Er erzählte uns, daß Tallin der Grabhügel eines Riesen sei, den Linna, die Frau des Riesen, aus ihrer Schürze habe fallenlassen. Bereits nach zehn Minuten wußten wir außerdem, daß Luv einen Revolver besaß und damit zwei Russen getötet hatte. Offensichtlich wollte er, daß wir uns bei ihm nicht nur gut informiert, sondern auch sicher und geborgen fühlten. Er war sonnenverbrannt, hager und hatte zurückgekämmte Haare, die sich im Nacken zu einer ergrauten, fettig glänzenden Spirale ringelten. Er redete und redete, bis die Reise zu Ende war.
Wir fuhren über die einzige Autobahn Richtung Narwa, durch eine flache, mit winzigen Wäldern gesprenkelte Landschaft. Bei Jòhvi bogen wir ab zur Küste. Wir nahmen schnurgerade, ungeteerte Straßen, von Holzzäunen flankiert, übersät mit Schlaglöchern, denen Luv sorgsam auswich.
Je näher wir dem Meer kamen, desto rostiger wurde das

76

Land. Ein Kraftwerk, das wir passierten, war vom Rost nahezu zerfressen. Als wir ausstiegen, fuhr ich mit dem Finger über die Motorhaube. Sie schmeckte salzig.

Wir erreichten die Ostsee. Steil fallen hier die Felsen ins Meer, und in ihrem Rücken, nur wenige Kilometer von der See entfernt, steht das Gut Solm, das heute Solmula heißt und das mir mein Vater zeigen wollte. Er hatte es seit fünfzig Jahren nicht mehr gesehen. Zu Zeiten der sowjetischen Besatzung konnte er nicht kommen. Man hätte ihn verhaftet.

Wir kauften geräuchertes Elchfleisch bei einem Straßenhändler.

Wie die meisten estnischen Bauern trug er einen Sonnenhut.

Als wir auf das Gut seiner Vorfahren zufuhren, stellte Vater sein Handy aus. Luv sagte, es gebe noch Bären in der Nähe von Maidla, aber so weit im Norden nicht.

Maritime Luftmoleküle rieselten auf ein farbloses, hundertsechzig Jahre altes Schloß, das hinter einer letzten Wegkehre vor uns aufstieg. Als sich der Staub gelegt hatte, sahen wir, daß es von Wellblechhütten einer ehemaligen Kolchose umzingelt war. Die Baracken hatten sich wie Moos an die bröckelnde Fassade gehängt. Die weitläufigen Parkanlagen waren gerodet, die Bäume abgeholzt. Der Haupttrakt selber verfiel, das Dach war zum Teil eingestürzt. Nur der Seitenflügel wirkte einigermaßen intakt und schien eine kleine Grundschule zu beherbergen. Die Kinder aus den umliegenden Baracken summten in den Eingang.

Gebhard bat Luv, im Wagen auf uns zu warten.

Endlich war Ruhe.

Wir sahen durch zerschlagene Fenster in die Ruine: Die Erosion hatte die Solms längst aus den Mauern gewischt. Aus dem herausgerissenen solmschen Parkett stieg ein Schwarm brauner Schmetterlinge. Der Salon war ein Labyrinth aus Rigips. Im ehemaligen Herrenzimmer stand ein entbeinter Traktor ohne Reifen.

So weit wir auch über das Gelände streiften: Kaum etwas erkannte Gebhard wieder. Sogar das Flüßchen war verschwunden, in dem er als kleiner Junge Krebse gefangen hatte.

Verzweifelt suchte er schließlich den Familienfriedhof, die Grabstätte unserer Ahnen. Aber er konnte die Umfriedung nicht finden und vermutete, daß man wegen der nationalen Bedeutung der Bestatteten (u.a. 1 Polarforscher, 1 Gouverneur von Alaska, 2 Admiräle, 1 Feldmarschall) womöglich eine Umbettung veranlaßt haben könnte.

Er hielt eine Schülerin an.

Sie verstand ihn nicht, kicherte und brachte uns in das Schulgebäude zu einer sehr scheuen, zurückhaltenden Englischlehrerin, die kaum ein Wort englisch sprach.

Gebhard spricht selber sehr schlecht englisch, aber den Begriff cemetery (also Friedhof) kann er sich merken, weil es nach cementery klingt (also Zementwerk). Als ihn das bei der Lehrerin nicht weiterbrachte, die noch dazu kein Dictionary besaß, fluchte er kurz.

Die Lehrerin blickte ihn nur mit hängender Lippe freundlich an. Das Estnische kennt keine Schimpfwörter. Das schlimmste Wort ist Schwarze Schlange.

Schließlich versuchte ich, um nicht den schwatzhaften Luv als Dolmetscher holen zu müssen, Grabsteine pantomi-

misch darzustellen, und die Frau lachte auf, sah plötzlich
hübsch aus, und auch die neugierigen Erstklässler, die sie
umringten, lachten hell, und die Lehrerin drehte sich um
und holte aus dem Klassenschrank einen großen Holzteller, auf dem ein russischer Apfelkuchen lag. Sie bat meinen
Vater und mich, den russischen Apfelkuchen zu essen, indem sie einen Knicks machte, und während wir – ich gehorsam und Papa verständnislos – jeweils ein Stück abbrachen und zu verzehren begannen, führte uns die junge
Estin nach draußen, und eine ganze Karawane aufgeregt
schweigender Kinder folgte nach.

Drüben vor einem Waldstück stand ein offener Backofen.
Wir hatten den Ofen bereits zuvor gesehen, ihm aber keine
Beachtung geschenkt.
Nun blieb die Lehrerin drei Meter davor stehen, zeigte in
die Backkammer und dann auf unsere Kuchenstücke, die
offensichtlich hier entstanden waren.
Aber erst als sie wieder und immer wieder in die rußige,
schwarzgebrannte Backkammer wies und mein Vater die
letzten Krümel seines russischen Apfelkuchens hinunterschluckte, bemerkte er, daß er die Grabsteine seiner Ahnen
gefunden hatte.
Sie waren in den Ofen vermauert worden, manche im
ganzen Stück, andere in kleinen Portionen, und das Epitaph des großen Feldmarschalls Ferdinand von Solm, der
im russisch-türkischen Krieg Konstantinopel besetzt hatte,
war in acht gleiche Teile zerschlagen und als Bordüre benutzt worden.
Danach tätigte mein Vater mehrere Telefonate.

Seine Stimme klang belegt.

Wir kauften den Ofen, so wie er dastand, und Papa spendete der Lehrerin eine Lastwagenladung »English Grammar School«.

Die nächsten drei Stunden brachten Luv und ich damit zu, mit schweren Vorschlaghämmern die Grabplatten und ihre Teilstücke aus dem Ofen zu klopfen. Ein paar estnische Kinder weinten, weil sie nun kein frisches Brot und keinen Kuchen mehr bekommen würden.

Der schwarze Lada war schließlich so schwer, daß beinahe die Achse brach, als wir mit all den Steinen zurück zum Flughafen rumpelten. Luv brachte nur noch unzusammenhängende Sätze hervor, versuchte, seinen Wagen mit heiler Haut nach Tallin zu kriegen, und das Reden half ihm dabei.

Das Geröll brachte uns einander näher, meinen Vater und mich, die wir sonst selber wie Geröll aneinanderstießen, und in dieser Stimmung, auf den Scherben eines ganzen Geschlechts sitzend, flüsterte Gebhard in die einbrechende Dunkelheit hinein, daß es gut sei, daß Opapa das nicht mehr erlebe.

»Ja«, sagte ich.

»Bei meiner Geburt saß er im Gefängnis.«

Der Satz paßte so wenig zu dem vorigen und zur Situation und zu allem, was ich erwartet hätte, daß es einige Augenblicke dauerte, bis er mich erfaßte. Dann blickte ich zu meinem Vater, in Erwartung eines Scherzes, der die Worte wieder aus der Welt nahm. Aber Papa sah mich nicht an, blickte nach draußen, zu den in glasiger Ferne aufglimmenden Lichtern, die die Hauptstadt ankündigten.

80

»Opapa war politischer Gefangener gewesen«, fuhr er fort.
»Er kämpfte gegen den estnischen Staat. Die meisten Bal-
ten taten das. Und später, nach der Umsiedlung ins Reich,
ging er zur SS. Viele haben ihm das vorgehalten. Aber
nicht jeder hat das Glück, einem Zaren dienen zu können,
wie all die anderen hier.«
Er tätschelte einen runden Kalkstein.
»Er war ein wunderbarer Mann, dein Großvater. Ja, das
war er.«
Luv mußte einem auf der Autobahn liegengebliebenen
Panzer ausweichen.
Mein Vater wandte sich mit Tränen in den Augen zu mir,
und dann sagte er etwas, was mir heute wichtig erscheint:
»Was ein Vater auch immer tut, Jesko, dem Sohne ist das
Richten nicht gestattet. Es ist ihm nicht gestattet zu richten.
Opapa war ein feiner Mensch, ein ganz feiner Mensch. Da
können sie noch so viel Dreck über ihn ausleeren, das wird
mich nicht anfechten. Und dich auch nicht, darauf verlasse
ich mich, mein Sohn.«
Luv brachte uns zum Flugzeug. Wir packten die Steine in
den Laderaum. Die Zollbeamten standen nur daneben.
Das letzte, was ich von Tallin bemerkte, war das Schweigen unseres Chauffeurs, als ihm mein feierlich gestimmter
Vater statt eines Trinkgelds ein Stück Kalk in die Hand
drückte, aus einem undatierten Familiengrab.
Mein Vater lud später alle mineralischen Überbleibsel in
seinem Garten ab. Er holte sich einen italienischen Spezia-
listen aus Vicenza, der zauberte aus dem Schutt ein stilvol-
les, kreisrundes Bodenmosaik (ich nenne es Blut-und-
Boden-Mosaik), auf dem wir manchmal in Gartenmöbeln

81

sitzen, wenn hochgestellte Persönlichkeiten kommen, die man mit Genealogie beeindrucken kann. Unter all den Trümmern befindet sich auch ein recht guterhaltenes, winziges Sandsteinkreuz, auf dem mein Name steht und das an den Rand des Mosaiks gequetscht wurde.

Jesko von Solm. 1876–1878.

Jener vergebliche Jesko war zwei Jahre alt geworden.

Er hat niemals das Ansgar-von-Solm-Eiland entdeckt.

Er hat nicht Konstantinopel besetzt.

Er ist in keiner Schlacht von historischer Bedeutung gefallen.

Ich hatte das Gefühl, er kam nur auf die Welt, um mich zu blamieren.

Bis heute bin ich nie wieder ins Baltikum gereist.

— 11 —

Ich gewöhnte mich an Zitrone.

Sie war zwar grotesk freundlich, aber nicht anstrengend. Sie zwang mich nicht, ihre Freundlichkeit wahrzunehmen, was ansonsten ja das abstoßende Charakteristikum freundlicher Menschen ist. Sie wirkte leicht, so leicht, als könne sie im nächsten Moment die Flügel ausbreiten und sich unter die Schmetterlinge mischen, und ich würde gar nicht spüren, wenn sie sich auf meine Schulter setzte.

Und so störte es mich natürlich nicht.

An jenem Abend betrat sie das Blut-und-Boden-Mosaik senk-, platt- und barfüßig, strich nachdenklich mit ihren Zehen über die gemeißelten Namen, blieb lange auf einem Rittmeister stehen, vielleicht auch wegen der im Basalt gespeicherten Hitze, die ihre Sohlen wärmte bis weit nach Mitternacht.

Fragen stellte sie mir ab nun keine mehr, jedenfalls nichts Verfängliches, Bleiernes, Baltisches. Niemals redeten wir über wichtige Dinge, aber wir vermieden es auf eine Art, als wäre das Sagbare gesagt.

Ein-, zweimal erkundigte sie sich danach, wie Ansgar als Kind gewesen war, und ich erzählte ihr, was für Kleider er getragen hatte. Das schien ihr zu genügen, sie lachte, drang nicht tiefer und wünschte auch nicht, daß man ihr auf den

83

Grund ging. Ihr Lachen, dieses indianische Lachen, war das Lachen einer Davongekommenen, leicht entzündlich, aber selten habe ich ein solches Lachen schneller abbrechen hören.

Am Ende der sieben Tage tat ich Dinge, um den Abbruch zu verhindern. Ich begann, halbwegs witzig zu sein, oder wenigstens albern. Ich kicherte selber zuweilen, es war das erste Kichern in diesem Jahr, und mir schien, als würde ich kleine Roststückchen ausspucken.

Wir begannen uns auf der Oberfläche nichtiger Gespräche zu umkreisen. Wir redeten über Film. Ich warb in gebotener Kürze für Dokumentationen, die mir neben der »Ozonfalle« unbedingt sehenswert erschienen (etwa »Mikroben vom Mars – ein Artefakt« von Henri Latour oder »Blick in das Innere Schwarzer Löcher« von Marianne Beglau). Sie hingegen mochte Johnny Depp, wie er in »Don Juan De Marco« die vier Fragen gestellt bekommt. Wer ist Gott? Was ist Sünde? Die anderen Fragen fielen ihr nicht mehr ein. Aber auf alle vier Fragen gab es nur eine Antwort. Die Liebe.

»Ich bin eine richtige Kitschkuh«, sagte sie.

Sie war also so ziemlich das Gegenteil von mir, und trotzdem begegneten wir uns schließlich doch, zumindest ein wenig.

Als daher der Donnerstag anbrach und wir in aller Frühe in das Mannheimer Klinikum traten, um den Termin bei Professor Freundlieb wahrzunehmen, nahm ich mir vor, den Satz zu beherzigen, den ich mir in meinem blauen Buch angestrichen hatte: »Es ist wichtiger, in welcher inneren Verfassung du kommst, als wohin.«

Ich versuchte, umgänglich und gelassen zu bleiben, mit einem Schuß spätrömischer Lebensart, pflanzte mich für Stunden auf eine Bank in den Flur »Innere Medizin IV« und warf mit keinem einzigen Knüppelchen. Zitrone hatte Dienst, kam ab und zu vorbei, um nach uns zu sehen.

Käthe lag auf einem Rollbett im Gang. Bei ihrem Anblick wurde ich von einem starken Bedürfnis nach Eleganz erfüllt. Ihr Haar steckte in einem Plastikschlauch, der die gleiche Farbe wie der Infusionstropf hatte. Sie trug bereits Operationskleidung, einen dieser deprimierenden grünen Kittel, hinten offen, damit sie gut an deine Wirbelsäule kommen. Drei, vier Schnitte. Die Haut aufgeklappt mit einem Tortenheber. Darunter Knochen, Blut, gallertartige Masse.

»Ich will eine Wurst!«

»Beruhig dich, Mama!«

»Ich habe Hunger! Ich will eine Wurst!«

»Wenn du wieder rauskommst, kannst du was essen.«

»Vielleicht komme ich nicht raus!«

»Natürlich kommst du raus.«

Ich blickte zu ihr hinüber, und während ich sie ansah, färbte sich mein inneres Auge (wahrscheinlich um sich zu schützen) mit der letzten Dior-Kollektion, über die ich hatte schreiben müssen.

»Wenn du aus der Narkose erwachst«, versprach meine Stimme, die langsam von ihrem Kissen aus Schwanenfedern rutschte, »packen wir dich ins Auto und fahren wieder zurück.«

»Wo bleibt Ansgar?« sagte sie.

»Ich hab dir gesagt, daß Ansgar nicht kann.«

»Ansgar mag mich nicht.«

»Natürlich mag er dich.«

»Er haßt mich. Er würde mir niemals eine Wurst geben!«

Die Schleuse zum OP-Bereich fuhr zischend auf, und Zitrone kam zu uns herüber. Trotz ihres Ganges, dem ein wenig die Luft fehlt, würde sie in die Dior-Kollektion, die ich immer noch perhorreszierte, hervorragend reinpassen. Ich war gespannt, ob sie durch Ansgars Reichtum entmutigt werden würde.

»Gleich geht es los!« sagte sie munter.

»Ich will jetzt hier essen!« schrie Käthe und richtete sich in ihrem Bett auf. »Deine Mutter will jetzt hier essen! Wurst will sie essen!«

»Mama, das geht jetzt nicht! Kapier's endlich! Vor einer Operation kannst du nichts essen!«

»Dann laß ich mich nicht operieren!«

»Gut, dann läßt du's eben!«

»Ich meine es ernst!«

»Mir egal!« sagte ich, stand auf und lief ein paar Schritte. Patienten in geblümten Bademänteln drehten im Hintergrund ab.

Käthe sprang von ihrer Liege, schüttelte Zitrones bekümmerte Hände ab und riß sich den Haarschutz vom Kopf. Dann humpelte sie mir nach, den Infusionstropf hinter sich herschleifend.

»Da wirst du ja sehen, was du davon hast!«

»Das ist mir scheißegal, Mama! Glaub ja nicht, daß ich dich anwinsel!«

»So, das war's jetzt!« schnaufte sie. »Gut, daß du das noch gesagt hast. Sonst hätte ich vielleicht ein schlechtes Gewissen gehabt ...«

»Ja, geh zurück und hack den Garten klein!« rief ich. »Du bist schwachsinnig, Mama! Das traut sich nur keiner, dir zu sagen!«

»Hört auf«, sagte Zitrone weit hinter uns, und sie schien um ihre Fassung zu ringen.

Mama wirbelte herum und stiefelte zurück, den Kopf eingezogen, das Kinn auf die Brust gedrückt. Der Tropf juckelte wie ein Spielzeughündchen hinterdrein, gluckernd, eine feuchte Linie zog sich über die Fliesen.

»Bin gespannt, wie er ohne mein Knochenmark zurechtkommt«, hörte ich sie keifen. »Bin ich wirklich gespannt.«

Trotz der vergangenen Jahre in Isolation, Einsamkeit und anderen selbstgeschneiderten Kostümen des Lebens überkam mich ein Gefühl des Entwurzeltseins, ein überwältigendes Gefühl der Entbundenheit, wie ich es nur noch von ganz alten Reisen kenne, und wie eine Schnecke ohne Gehäuse blieb ich, wo ich war, kroch um meine eigene Achse und sagte:

»Du wirst vor mir sterben, Mama! Darauf kannst du einen lassen!«

Dann kroch die nackte Schnecke davon, um sich mit Salz überstreuen zu lassen.

Wie so oft hatte es mit der spätrömischen Lebensart nicht hingehauen.

Später holte mich Zitrone ein.

Ich saß zwischen seitlich wegragenden Knien auf einem Springbrunnenrand. Meine Knie zitterten so stark, daß ich sie schließlich zusammendrückte.

Zitrone ließ sich neben mir nieder. Um von der Furcht meiner Knie abzulenken, sahen wir zu der Kaskade, die von einem Fisch aus Bronze auf zwei echte Fische gespien wurde.

Graue Wolken hingen über dem Klinikpark, die ersten Wolken seit meiner Ankunft, eine ganze Armada, vor der die Schwalben sich duckten.

Wahrscheinlich war Zitrone in den Staub gefallen, hatte sich den Fuß in den Nacken rammen lassen und die Barke der Kleopatra den blauen Nil hinaufgerudert, um meine Mutter umzustimmen. Ohne Demütigung ist es gewiß nicht abgegangen, hundertpro, doch Zitrone sagte nur, daß es sich Mama anders überlegt hätte und nun im OP sei. Gott sei Dank.

Sonst sagte sie nichts mehr.

Die Wolken wurden dichter, und wir spielten Schiffe versenken und ritzten unsere Meere in den Kies, mit Zweigen, die ich abbrach. Irgendwas zum Abbrechen findet man immer. Schmerz, Zerstörung, Wahn, Raserei, das sind die Glieder der Kette, an der du liegst. Du scheuerst dir die Haut auf, aber du weißt, eine leichte Verletzung ist das beste, was du erreichen kannst auf diesem Planeten.

Ansgars Handy klingelte. Ich meldete mich, und mein Vater war dran und sagte, ich solle sofort in sein Büro kommen. Es sei dringend.

Als ich aufsah, fiel ein erster Wassertropfen auf D 4.

Zitrone versprach, sich um Käthe zu kümmern.

Meine Knie schlummerten erleichtert weg.

— 12 —

Der ehemalige Chef meines Vaters, aufgrund seiner militärischen Vergangenheit allgemein nur »der General« genannt, hatte im Zweiten Weltkrieg ein Bein verloren. Er ging auf Krücken, und eine Prothese trug er nicht, konnte er gar nicht tragen. Dazu war der Oberschenkel zu stark zertrümmert, dessen Reststumpf sich leicht entzündete und, verpackt in ein hochgeknotetes Hosenbein, wie ein Gehenkter bei jedem Schritt hin- und herpendelte.

Was der General am meisten verabscheute, waren Mitarbeiter, die ihn auf seine Verletzung aufmerksam machten, indem sie ihm die Türen öffneten, ihn wie einen Säugling aus dem Paternoster hoben oder ihm auf andere Art beim Humpeln behilflich waren. Der General hatte ein geradezu boshaftes Vergnügen, diese Leute auf sublime Art innerhalb kürzester Zeit aus dem Betrieb zu entfernen, vermittels seiner Fähigkeit, Menschen mit Arbeit zu überhäufen, der sie nicht gewachsen waren.

Die Gattin des Generals hieß bei der Belegschaft nur »Frau Oléolé«, sie war zierlich und klein und tanzte für ihr Leben gerne die südamerikanischen Standards, vor allem Salsa, Tango und Chachacha – alles Tänze, die man mit einem Einbeinigen nicht gut tanzen kann.

Es gab nichts Furchtbareres für die Mitarbeiter der Süd-

deutschen Zementwerke AG, als auf einem der Betriebs-
feste, womöglich gar auf der Weihnachtsfeier, Opfer von
Frau Oléolés ungestillter synkopischer Leidenschaft zu
werden. Die Señora, schrittsicher, zupackend, unersättlich,
suchte sich für diese Gelegenheiten immer die schneidig-
sten Untergebenen ihres Mannes aus, der neben der Tanz-
fläche saß und dabei zusah, grinsend wie ein Schwarm
ausgehungerter Piranhas.

Alle in Frage kommenden Abteilungsleiter schwitzten
Blut und Wasser und drückten sich in den dunkelsten
Ecken herum, damit der Kelch an ihnen vorübergehe –
denn jeder, der mit Frau Oléolé aufs Parkett mußte, konnte
seine Karriere in den Ofen schieben.

Mein Vater war klug genug, ihr einmal bei dem vierten
Rumba, den er mit ihr drehen sollte, den mittleren Zeh zu
brechen. Er hatte sich vorher extra Stahlkanten unter seine
Schuhe geschraubt.

Die Gattin des Generals litt in der Folge unter so heftigen
Schmerzen, daß sie wochenlang nicht auftreten konnte.

Nicht zuletzt deshalb machte ihr Mann meinen Vater zum
Direktor und Miteigentümer der Gesellschaft, was nicht ich
behaupte, sondern was Papa selber gerne erzählte im Zustand heiterer Zerstreuung. Und diesem Umstand ist es zu
danken, daß aus dem alten, sandigen Kuchen süddeutscher
Zementwerke einige Jahre später das saftige Stückchen
Solm Zement AG herausgeschnitten werden konnte.

Eigentlich hätten die Stahlkanten also einen Ehrenplatz in
Papas Büro haben müssen, gülden, in einer Vitrine lie-
gend, aufs würdigste illuminiert.

Doch statt dessen standen in dem Raum nur nichtssagende Skulpturen herum, und an den wenigen Wänden hingen Fotos, die zeigten, was man mit Zement einem Haus alles antun kann.

Sogar der Sessel, in den ich mich setzte, war aus Zement. Ich blickte aus dem Fenster, was nicht schwer war, denn das Büro bestand fast nur aus Fenstern, damit man immer wußte, daß man sich im sechsten Stock befand. Unten lagen die Werksanlagen, Rohmühle, Klinkerlager, Gipslager und Zementsilos, so weit das Auge reicht, aber es reichte nicht sehr weit, denn Sturzfälle grauen Regens rauschten über die Scheiben, verwischten die Konturen des Pfälzer Waldes, die sich bei besseren Sichtverhältnissen in den Horizont spannen. Die Deckenbeleuchtung glomm, denn draußen war es dunkel, dunkel und bedrohlich, eine Schraffur aus Zement und Regen, die heftig gegen das Glas strich.

Mein Vater und Ansgar hatten mich erwartet. Papa thronte hinter seinem Mahagoni-Schreibtisch. Ansgar tigerte blaß durch die Mitte des Raumes, die Augen auf den Boden geheftet. Auf dem Glastisch lag ein Managermagazin mit dem Titel »Führen durch Lachen«.

Ich erkundigte mich, was passiert sei.

Mein Vater begann mit der üblichen Floskelei, deutete aber nach zwei Umwegen an, daß es um eine Meinungsverschiedenheit zwischen ihm und Ansgar gehe. Dann fragte er mich ziemlich unverblümt, ob ich wisse, daß mein Bruder heiraten werde.

»Gratuliere«, sagte ich. »Das wird Zitrone ziemlich freuen.«

»Ich weiß nicht, ob es sie freuen wird.«

»Oh doch, sie hält eine Menge vom Heiraten. Da bin ich sicher.«

Ich hörte das charakteristische Räuspern meines Bruders hinter mir.

»Ich heirate nicht Zitrone«, sagte er, ohne mich anzusehen. Eine Regenbö peitschte gegen eine leere Blechtonne, unten, am Fuße des Gebäudes. Man hörte, wie sie scheppernd auf den Asphalt kippte.

Ich machte mein blödestes Gesicht, kratzte mich am Kinn und blickte zu meinem Vater.

»Er heiratet nicht Zitrone?«

»Nein«, sagte Papa zufrieden, »er heiratet jemand anderen. Wie heißt sie noch gleich?«

Ansgar atmete aus. Dann sagte er, daß er sich in etwas verrannt habe. Er unterhalte schon seit einiger Zeit wieder eine glückliche und intensive Beziehung zu seiner alten Freundin (»jaja, Jesko, die Fernsehtante, die mit den Hasenzähnen«) und wollte Zitrone schon längst informiert haben, aber dann sei die Sache mit Mama (hier räusperte er sich wieder), mit Mama dazwischengekommen.

Und da Zitrone Krankenschwester sei, habe er den Bruch noch nicht gleich suchen wollen.

»Sonst hätte sie sich wohl nicht um Mama gekümmert, du weißt schon . . .«

Meine Reaktion gab nicht viel her, daher nickte mein Vater jovial und resümierte, daß Zitrone kaum an gesellschaftlichen Ereignissen teilnehme, wenig Interesse an Tennis habe und es auch noch an verwandtschaftlichen Beziehungen zum englischen Königshaus fehlen lasse. Aber ich will nicht unsachlich werden.

In Wahrheit sagte Papa etwa folgendes:

»All diese Dinge sind gewiß sehr schmerzhaft für dich, Ansgar. Und ich verstehe, daß du jetzt einen Schlußstrich ziehen willst. Zumal diese Krankenschwester gerade mit Käthe...«

Das Ende des Satzes verstand ich nicht, weil es so stimmlos gesprochen wurde, daß es im Regen unterging. »Aber das würde die Betreuung deiner Mutter sicher nicht erleichtern, wenn Jesko plötzlich alleine dastünde. Stimmt es, Jesko?«

Die Stimme zog wieder an.

Ich war so benommen, daß ich nicht antworten konnte.

»Ich rate dir dringend«, wandte sich Papa wieder an Ansgar, »jetzt nicht übereilt zu handeln. Warten wir noch ein paar Tage, bevor du es ihr sagst. Bis die Knochenmarkanalyse vorliegt. Die eine Woche macht den Braten auch nicht fett!«

»Weißt du, wie ich mir vorkomme?«

»Natürlich weiß ich das. Aber du hast dich da hineingeritten! Und wir wollen ja nicht, daß irgendwas nach außen dringt. Denk bitte auch an die Firma.«

In Ansgars Gesicht sah ich nichts als ausgestorbene Plätze. Er fuhr sich mit der Hand durch die Haare.

»Aber daß du endlich heiratest«, sagte Papa, »das freut mich wirklich sehr. Was machen denn ihre Eltern?«

Als ich mit meinem Bruder nach Hause fuhr, eingehüllt in das geschmeidige Leder seines Rover Seventyfive (er ließ mich widerwillig auf einem Parkplatz ein paar Runden drehen), lagen Zweifel und Schmerz zwischen uns. Jeder war auf seine Art betrübt. Der Scheibenwischer quietschte sinnlos. Die Niederschläge waren vorüber. Das Land schwitzte wieder, und der Himmel riß auf.

Ich zückte mein blaues Buch und wollte ein paar Stellen vorlesen, aber Ansgar schmiß das Buch aus dem Fenster. Wir brauchten eine Weile, bis wir es in dem Maisfeld wiedergefunden hatten. Es lag auf einer Rippe aus Matsch. Dann weigerte sich Ansgar, in den Wagen zurückzukehren, stand mit den Händen in der Tasche zwischen dem Mais, von Dunst umschlungen. Es war Futtermais, aber wir brachen dennoch ein paar Kolben ab, wie früher.

Und dann standen wir nebeneinander und nagten die Körner ab, und die Nässe drang ins unsere Schuhe, und mir fiel auf, daß wir dieselbe Schuhgröße haben.

Ich sah ihm nach, noch kauend, als er die Villa hinter sich ließ, vor der er mich schweigend abgesetzt hatte.

Ich ging auf das Portal zu. Im Garten hing Wäsche auf der Leine, unten zwischen den Birken. Es waren die Tischtücher, mit denen der Rasen Tage zuvor überlistet worden war. Sie dampften gelb in der wiederaufblühenden Hitze, ließen die Silhouette Zitrones durch, beim Auswringen der Wäsche.

Als sie mich sah, machte Zitrone eine Geste, die ich nicht vergessen werde. Das feuchte Knäuel in ihrer Hand legte sie, statt es auf die Leine zu hängen, ganz langsam um ihren Nacken und hielt es an beiden Enden fest, wie ein lässiger Boxer, der einen wichtigen Kampf gewonnen hat, bis ich vor ihr stand. Erst dann nahm sie die Wäscheklammer aus dem Mund.

»Sie wollte nicht bleiben«, lächelte sie und zeigte auf Mama, die neben ihr im Liegestuhl eingeschlafen war.

Ich hörte einen längeren Bericht.

Der Eingriff am Morgen ist gut verlaufen, deine Mutter muß sich noch was schonen, knappe Woche, dann kommt die Analyse, vielleicht auch früher, vielleicht auch später, was ist denn, geht es dir nicht gut? Warum ist Seneca so naß und schmutzig? Mir fällt ein Stein vom Herzen. Und du? Hat doch alles geklappt...

Ich sagte Zitrone, sie könne heute mal wieder zu Hause schlafen, ich käme mit meiner Mutter für eine Nacht alleine zurecht. Ihr dankbares Lächeln zwang mich wegzusehen. Sie zwirbelte das Tuch aus ihrem Nacken, nahm mein Handy und rief Ansgar an. Um ihm die frohe Botschaft mitzuteilen.

»Vielleicht können wir was zusammen unternehmen, Spatz? Kino oder so? Jesko hat gesagt, es gibt einen Film mit Johnny Depp. Au fein!«

Ich kam mir vor wie eine Polkappe, die langsam zerschmilzt, um Unglück über die Menschheit zu bringen.

— 13 —

Es war früh am Morgen. Mama schrie. Ich schlug die Augen auf. Als ich in ihr Zimmer kam, saß sie im Schneidersitz auf dem Boden und schnitt sich die Haare ab. Bei jedem Schnitt schrie sie. Ich brachte die Schere in die Küche zurück. Dort hörte ich, wie die Schiebetür zur Veranda aufging. Dann sprang Mama in den See und forderte mich auf, sie anzu-spucken, sie sei nichts wert, sie sei eine Stockente. Ich sprang ihr hinterher, zerrte sie aus dem Wasser. Sie wehrte sich nicht. In der Kochnische sah ich eine leere Flasche Aquavit. Ich habe keine Ahnung, wo sie die her hatte.

Sie wollte sich nicht abtrocknen lassen. Also trocknete ich sie nicht ab, sondern wartete, bis sie schön durchgefroren war.

Ich ließ sie erst mal sitzen und setzte einen Kaffee auf.

Als ich zurückkam, stand plötzlich Zitrone im Zimmer. Ihr kleiner Reisekoffer hütete die offene Verandatür, durch die sie hereingeweht worden war. Sie hatte Käthe bereits die nassen Kleider vom Leib gerissen und rubbelte ihren Ober-körper ab, als hätte sie Schleifpapier und kein Frotteetuch in den Händen. Käthe hatte sich in Charles Dickens' armes, unschuldiges Waisenkind David Copperfield verwandelt, komplett mit englischem Gesichtsausdruck. Mir schenkte sie einen gehässigen Jetzt-wirst-du-aber-geschimpft-Blick.

»Sag mal, spinnst du? Du kannst deine Mutter hier nicht so sitzenlassen, sie kriegt eine Lungenentzündung! Und so kurz nach einem operativen Eingriff darf man nicht ins Wasser!«

Mama nickte.

»Was tust du denn hier, Zitrone?«

»Warum ist sie betrunken? Wo hat sie den Alkohol her?«

»Was du hier tust?«

»Ich tobe!«

»Wegen dem hier, oder, oder ... mehr allgemein?«

»Was?«

»Naja, wie war denn das Kino gestern?«

»Schöner Film!«

»Und was hat Ansgar gesagt?«

»Zu dem Film?«

»Zu dir!«

»Na ja, eine Menge!«

»Nichts, äh, Bestimmtes?«

»Was ist los, Jesko! Habt ihr zusammen gesoffen? Wolltest du mich deshalb loswerden, damit hier endlich mal der Bär tobt? Wenn du glaubst, ich kann nicht böse werden, dann hast du dich geschnitten!«

»Also Ansgar hat nichts Bestimmtes gesagt, nein?«

»Verdammt, was meinst du mit ›Bestimmtes‹? Eine Überraschung?«

»Ja, so könnte man es nennen.«

Sie dachte nach.

Dann nestelte sie der mittlerweile trockenen Käthe das Handtuch um das Haupt, drehte sich um und ging zur Verandatür. Sie bückte sich, ließ ihren Koffer aufschnap-

pen, zögerte, warf mir einen Blick zu mit einer Scheibe
Restzorn drin. Kurz darauf stand sie wieder vor mir. In der
Hand hielt sie die Überraschung: ein rotes Stück Seide.

Sowohl Mama als auch ich starrten sie nur an, als sie sagte,
das Kleid sei von Joop, und Ansgar hätte es ihr gestern
abend geschenkt, wir sollten mal gucken.

Dann zog sie altklug den Pullover aus, schaffte es aber
nicht ganz. Der Kragen verhakte sich an ihren Ohren, sie
konnte nichts mehr sehen und verlor ein wenig die Orien-
tierung. Sie taumelte, mit wie zur Kapitulation erhobenen
Händen, die den Kragen zentimeterweise über ihre Augen
schoben, und im Moment ihrer größten Blindheit betrachtete ich das Sternbild ihres Körpers: die entblößten Ach-
seln, die nicht allzu sorgfältig rasiert waren, drei Mutter-
male südlich ihres Schlüsselbeins und ihre kleinen Brüste
in weißem Sport-BH.

Dann flog der Pullover in die Ecke. Sie stieg aus ihren
Jeans, sich halb von uns abwendend, und aus einem ver-
waschenen Tom-und-Jerry-Slip ritzte sich das dunkle
Komma ihres Arsches. Er schien nicht allzu klein zu sein,
und wenn man mit dem Daumen draufdrückte, würde es
vielleicht kleine, fliederfarbene, rasch verblassende Stellen
geben, dennoch war es ein schöner Arsch. Ihre Taille wirkte
sehr schmal, und ihre Beine waren lang und konisch, aber
durch spitze Knie früh vergreist, denn diese Art Knie macht
alt, und es wäre besser gewesen, der Saum des roten Kleides
hätte die Knie verhüllt, aber dem war nicht so. Die Seide
floß von ihren Schultern bis auf die Oberschenkel hinab,
und sie fragte, wie es ihr stehe, und es stand ihr wirklich
ausgezeichnet, zumal ich Joop, für den ich mal gearbeitet

habe, gut leiden kann. Ihre langen Arme schlenkerten die ganze Zeit unsicher, als würden sie sich einiger durch Händewaschen verbliebener Wassertropfen entledigen, erstarrten aber nach meinem Kompliment, und meine Mutter sagte, sie wolle auch so ein Kleid haben.

Statt dessen brachte ihr Zitrone die Sachen, die ich in den letzten Tagen genäht hatte.

Ich holte den Kaffee aus der Küche.

Keine Ahnung, warum ich das schlechteste Gewissen der Welt bekam, nur weil mein Bruder es nicht fertigbrachte, reinen Tisch zu machen. Das Kleid als Substitution des Verlangens gehört zu den fundamentalen Träumen des Menschen. Ansgar jedoch verschenkte diesen Traum als Leichentuch.

Er mißbrauchte die Farbe Rot.

Ich nahm mir fest vor, meinen Artikeln über Weiß und Schwarz (die sich weit eher dem Zwecke des Begrabenwerdens gefügt hätten) eine mehrseitige Abhandlung über das tragische Rot folgen zu lassen.

Da kann sich Marie-Lou auf den Kopf stellen.

Das Rot der Sünde.

Das Rot der Schande.

Das Rot der Scham.

Vor allem das brennende, traurige, dem Rot platzender Purpurschnecken ähnelnde, alles verratende Rot der Scham!

Ich kam in Rage. Ich regte mich furchtbar auf. Und je mehr ich mich aufregte, desto mehr ähnelte das Joop-Kleid jenem lustroten Kostüm, in dem Kate Winslet mit der Titanic unterging.

Und zum ersten Mal stellte ich mir Zitrone tatsächlich als Film vor.

Vor lauter Empörung pinselte ich mittags die gesamte Terrasse mit Terel ein, einem neuartigen Mausegift. Nager, die davon kosten, werden zu einer Art Brausetablette, sobald sie mit Wasser in Berührung kommen.

Die nächste Mahlzeit mußten wir allerdings wegen der Ausdünstungen auf der Terrasse meines Vaters einnehmen. Mama war schnell wieder nüchtern und fiel in die gelassene Ruhe danach. Ständig wechselten sich bei ihr Hysterie und Saunamüdigkeit ab. Nun war sie so lethargisch, daß sie Stiefi nicht einmal Frau Solms Zwei, Drei oder Vier nannte.

Stiefi saß am äußersten Rande des Tisches und betrachtete ihre Vorgängerin wohlgefällig, so wie ein satter Geier sich ohne ein Zeichen von Gier an dem Anblick lebendfrischen Aases erquicken kann.

Das sanfte Rot der Erniedrigung.

»Fühlen Sie sich denn bei uns wohl, bei uns wohl?« fragte sie vorsichtig.

»Die Krankenschwester hat ein schönes Kleid!« antwortete Mama etwas unbestimmt und blickte zu Zitrone.

»Von Jesko?« fragte Stiefi.

»Von Ansgar!«

An Stiefis offenem Mund sah ich, daß man es ihr schon gesagt hatte.

Das doppelte Rot der Lüge und des künftigen Mordes.

»Weißt du, Jesko«, sagte meine Mutter, »mach du ihr doch wenigstens das Hochzeitskleid.«

»Mama, das hatten wir schon mal!«

»Aber du kannst doch sonst nichts, Junge, außer Nähen! Und du nähst mir nur so blöde Sachen! Sei mal ein richtiger Schneider! Oder ist das zu schwer, ein Hochzeitskleid?«

»Ich will gar kein Hochzeitskleid von ihm«, sagte Zitrone.

»Wie wär's denn mit was anderem?« fragte ich sie. »Boxershorts? Oder Kampfanzüge? Die würde ich dir sehr gerne machen!«

Das süße Rot des geheimen Bundes.

»Ich will gar nichts von dir!«

»Weißt du«, sagte Mama und legte ihr plötzlich die verkrustete Hand auf die Wange, während sie sich zu mir wandte, »weißt du, sie wäre auch gut für dich gewesen.«

Am Abend machten sie sich wieder, wie jeden Abend, auf die Suche nach den unermeßlich beladenen spanischen Galeonen in Papas Garten. Die Grube war inzwischen so groß und tief wie drei Badewannen.

Ich durfte keine körperlich schwere Arbeit verrichten, daher saß ich im Schatten.

Meine Mutter durfte sich ebenfalls nicht verausgaben. Sie saß in der Sonne.

Nur Zitrone arbeitete, wenn man die groteske Tätigkeit so nennen will, und der Schweiß rann ihr von der Stirn.

Sie trug kein Kleid mehr, sondern Shorts und ein weites Basketballhemd, und manchmal ließ sie den Spaten sinken und sah unruhig auf die Armbanduhr, weil Ansgar noch kommen wollte.

Er kam tatsächlich, um kurz nach acht, und er hatte aus

dem Zementwerk einen Minibagger mitgebracht. Mein Bruder schien recht aufgeräumt und hatte offensichtlich jede Menge über die Firma nachgedacht. Zitrone klopfte sich die Erde von den Händen und umarmte ihn, und er verwundete sie mit einem zärtlichen Kuß.

Niemals kennt man jemanden ganz.

Als er den Minibagger anwarf, begegneten sich ihre Hüften, und dann lachte sie gelöst, als die Baggerschaufel in die Grube fuhr.

Ich stand auf und ging zum Tantenhaus. Man konnte es wieder betreten, kaum noch Miasmen. Die Leiche der Maus fand ich nicht.

Ich ließ meine Beine von der Veranda ins Wasser baumeln, nahm meinen Block, um meiner Tochter einen Brief zu schreiben. Dann malte ich kleine Spinnennetze in eine Ecke, denn nichts fiel mir ein.

Plötzlich stand Zitrone hinter mir.

»Du bist heute so anders. So still.«

Sie setzte sich neben mich. Als ihre Füße ins Wasser glitten, antwortete ein ebenso plattfüßiger Frosch. Sie lächelte. Ihr Gesicht schimmerte wie Honig, und dann schauten wir beide in die untergehende Sonne.

Das breite Rot des Himmels, als hätte Gott sich die Kehle durchgeschnitten, um sich über die ganze Welt zu verströmen.

»Ich mag dich lieber so!« hörte ich.

Während sie es sagte, wischte sie sich den Schmutz vom Gesicht, mit dem Handrücken, den sie ebenfalls im Wasser schwenkte, wozu sie sich etwas vorbeugen mußte. Ihre glatten, blonden, in der Mitte gescheitelten Haare fielen wie Schlappohren an ihren Schläfen herab, teilten sich, legten ihren Hals frei, und als sie mit der Hand nach einem kleinen Fisch schnappte, glitt aus ihrem Kragen ein herausgestülpter, kirschgroßer Nackenwirbel, um den jemand einen Knutschfleck gesaugt hatte.

Ich hätte ihr gerne etwas geschenkt.

Sie rückte nicht an mich heran. Wahrscheinlich glaubte sie, daß sie nicht gut roch, wegen des Schweißes. Sie war diese Art Frau, die ihren Geruchsradius gut einschätzen kann, ganz anders als zum Beispiel Models. Mich interessierte dennoch, wie sie roch, ob das nur Erde und ein Rest Krankenhaus war, und ich atmete tief durch die Nase ein, so als müßte ich niesen, damit sie es nicht merkt, und was mich erreichte, gefiel mir, und um es in mir zu behalten, hielt ich die Luft an.

Ich hätte ihr wirklich gerne etwas geschenkt.

Da sie ein wenig die Beine spreizte, sah ich die Innenseite ihrer Waden. Sie waren krebsrot, wahrscheinlich von einem dieser Sonnenbrände, die man sich zuzieht, wenn man beim Bräunen auf dem Rücken liegt.

Am nächsten Tag schenkte ich ihr Zehschellen, die ich für sie über Nacht gebastelt hatte. Es waren zwei miteinander verbundene Blechringe, die auf die großen Zehen gesteckt werden und die Füße beim Sonnenbaden parallel halten. Ich erklärte ihr, daß dies in Zukunft eine relativ gleichmäßige Bräunung ermögliche. Sie werde sich keine Verbrennungen mehr zwischen den Beinen zuziehen. Über den Satz mußte sie lachen.

Am schönsten aber fand sie das kleine Loch im Verbindungsstück zwischen den Ringen, das Platz für eine Wiesenblume bot.

Sie bedankte sich überschwenglich.

Das war nicht nötig, denn ich hätte sowieso nicht schlafen können, wegen der Maus auf der Veranda.

Sie hatte mehr Leben als eine Katze.

— 14 —

Mama stellte ihre Tätigkeit als Schatzsucherin ein, nachdem Ansgars Minibagger vor ihren Augen zwanzig Kubikmeter Erde aufgehäuft hatte. Nichts Zählbares war darunter. Den einzigen Fund aus Metall wollte nicht einmal eine Elster haben. Es war der heilige Christophorus, ein rostiger Schlüsselanhänger.
Aber nicht die magere Ausbeute brachte Mama von ihrem Vorhaben ab. Auch nicht Papas melancholischer, dem Urlaub entrissener Gärtner aus Thessaloniki, der manchmal mit eingezogenen Schultern der Verwüstung beiwohnte. Und Stiefi erst recht nicht, die Käthe entweder ignorierte oder mit einer Nummer versah.
Sondern meiner Mutter wurde schlagartig bewußt, daß sie ja noch einen weitaus lukrativeren, romantischeren und interessanteren Beruf hatte als den des Schatzsuchers, und das war der Beruf des Bankräubers.
Dies fiel ihr aber erst ein, als sie zusammen mit mir Mannheim besuchte.

Wir mußten in die Stadt, um für Nachschub an Medikamenten zu sorgen.
Zitrone meinte, wir sollten das als Ausflug sehen und Gemeinsamkeiten pflegen. Ich war schon nicht mehr in der

105

Verfassung, ihr zu widersprechen. Ich dachte, sie täte mir leid. Aber in Wirklichkeit hatte es was mit Magnetismus zu tun, ich war wie ein Eisenspan magnetisiert worden, wußte es nur noch nicht oder wollte es nicht wissen.

Also nahmen Mama und ich den ganzen Irrwitz des öffentlichen Nahverkehrs auf uns, um uns mittels der MVG zu dieser einzigartigen Homöopathenapotheke vorzukämpfen, von der Zitrone geschwärmt hatte.

In Mannheim gibt es keine Straßennamen, sondern Quadrate, ähnlich wie in New York, worauf hier jedermann stolz ist.

Die Apotheke lag in B 2, gegenüber der Jesuitenkirche. Die Apothekerin war sehr nett. Ich kaufte noch ein paar chinesische Gifte aus eigener Herstellung.

Danach waren wir am Paradeplatz im Kaufhof, denn Mama liebt Wühltische. Dort nahm sie eine Wasserpistole in die Hand und sagte, sie gehe hinüber in die Sparkasse, Geld holen. Ich solle einfach auf sie warten.

Ich achtete gar nicht auf sie, und nachdem ich eine Weile nicht auf sie geachtet hatte, fiel mir auf, daß sie weg war.

Ich rannte nach draußen, und tatsächlich leuchtete auf der anderen Seite des Paradeplatzes das rote Fragezeichen der Sparkasse. Ein dämlicher Wachschutzmann mit Hängeschnauzer und den eingefallenen Wangen eines Leprakranken hatte seine Hände in die Hosentaschen geschoben und beobachtete einen Köter, der an den Geldautomaten kackte. Dann war ich in der Bank.

Sie sah aus wie ein Flughafen. Überall Terminals, Monitore und hektische Stewardessen. Erst spät fand ich die Kassen. Immerhin hatte sich Mama in die Schlange eingereiht.

»Laß uns gehen!« befahl ich.

»Gleich«, wiegelte sie ab.

»Was hast du vor, Mama?«

»Nachher gehen wir richtig schön einkaufen!«

»Mach keinen Unsinn. Da sind Kameras. Und da stehen Männer draußen, die sind bewaffnet!«

»Das bin ich auch. Du wirst stolz auf mich sein!!«

»Das werd ich nicht! Komm schon!«

»Eine Million in kleinen Scheinen, oder Ihr Hirn spritzt an die Wand!«

Sie sagte es sehr leise und monoton, wie es ihre Art war, nur um sicherzugehen, daß sie den Text nicht vergaß.

Ich wollte sie gerade wegzerren, da ließ der Schalterbeamte vor uns die Jalousie runter und stellte das Schildchen »Schalter geschlossen« auf.

»Was soll denn das?« fragte Mama.

»Wir machen hier zu«, sagte der Typ. Er sah aus, als sei er in einem Safe geboren worden.

»Aber warum denn ausgerechnet jetzt?«

»Das merken Sie doch. Weil es so unerträglich stinkt.«

Ich wunderte mich. Zitrone hatte Mama erst gestern gewaschen. Sie trug ein neues Walla-Walla-Kleid von mir. Hinter uns hustete was.

»Dabei will ich nur Geld«, sagte eine dünne Stimme. Sie gehörte einem alten Mann in Polyester-Schlafanzug und einer grauen Wolljacke. Gegen ihn sah Mama wie der Irische Frühling aus.

»Dabei will ich doch nur Geld abheben«, wiederholte er.

»Nein, Herr Weber, das wissen Sie doch, Geld bekommen Sie nur, wenn Ihr Vormund unterschreibt.«

Der Schalterbeamte hielt sich die Nase zu.

»Aber ich habe mich seit drei Tagen nur von warmem Wasser ernährt, nur von warmem Wasser, und jetzt will ich Geld von meinem Konto!«

»Herr Weber! Es ist unerträglich, wie Sie stinken, und Sie kriegen hier kein Geld ohne die Unterschrift Ihres Vormunds, und jetzt seien Sie so gut und verlassen bitte das Institut.«

Herr Weber fing an zu wimmern.

»Das ist aber nicht richtig, wo ich so einen Hunger habe«, wimmerte Herr Weber. »Ich habe einen Bärenhunger, und drei Tage nichts wie Wasser. Nichts wie warmes Wasser. Das ist aber nicht richtig.«

Meine Mutter beugte sich zu dem Schalterbeamten hinab.

»Gib ihm sein Geld, du Arsch!«

Ihre Hand grabbelte zerstreut nach der Wasserpistole, die sie aber nicht finden konnte, da sie längst aus ihrer Seitentasche gefischt und in mein Plastiksäckchen zu den chinesischen Giften gepackt worden war, von mir übrigens.

»Wer sind Sie denn?« fragte der Mann.

»Ich bin die Besitzerin des größten Versandhauses von Europa. Ich habe vier Autos und zwanzig Rennpferde. Mir gehören Aktien und zwei Brauereien. Und ich bin seine Mutter, du Arsch!«

Ich kam nicht umhin, ihm zu sagen, wer ich bin.

»Hören Sie mal!« schrie Mama, und mittlerweile hörte die ganze Bank zu, und auch der leprakranke Idiot war von draußen in die gute Stube gedackelt, und siehe da, er hatte sogar die Hände frei. »Wenn Herr Weber hier nicht auf der Stelle sein Geld bekommt, dann kündigen wir jetzt sämtliche Konten! Ich und mein Sohn! Yes, Sir! Alle unsere Konten werfen wir euch vor die Füße! Alle!«

Ich schloß aus dem rasch herbeieilenden Generaldirektorpräsident, daß mein Name hier einen silbernen Klang hatte, da es ja der Name meines Vaters war. Und als sein Bankerschweiß nilförmig auf seine Nasenwurzel zuströmte, wurde mir klar, daß Mama direkt in Papas Hausbank gerannt war. Instinktsicher. Das muß man ihr lassen.

Der Mann erklärte, unterstrichen von Demutsgesten, daß alles ein furchtbares Versehen sein müsse. Selbstverständlich bekäme der Herr Weber sein Geld, das sei ja nur recht und billig, nicht wahr. Mama sagte, sie wolle auch Geld haben, zumindest einen Hunni, und das Komische war, daß der Generaldirektorpräsident sein Portemonnaie zückte und ihr tatsächlich einhundert Euro in die Hand drückte, unter der Bezeugung allergrößter Hochachtung.

Wir kamen ziemlich happy aus der Bank, Herr Weber, meine Mutter und ich. Mama rief ein Taxi. Der Taxifahrer wollte Herrn Weber erst nicht transportieren. Nachdem Mama ihn belehrt hatte, überlegte er es sich anders (»Das geht gar nicht in Deutschland, daß ein Taxifahrer einen Gast ablehnt. Ich hatte mal eine Taxischule, übrigens die größte Schule in Berlin...«). Mama hatte sich vorgenommen, Herrn Weber einen schönen Tag zu bereiten.

Und ich war sehr erschöpft.

Herr Weber blinzelte beeindruckt, als er die Villa meines Vaters betrat.

Und als er dann vor Stiefi stand, die gerade über ihr frisch geputztes Silber nachdachte, blinzelte sie auch.

»Bringt deine Mutter hier jetzt auch noch ihre Freunde mit, ihre Freunde mit?«

Wir befanden uns auf der Suche nach Zitrone, und das sagte ich ihr.

»Sie ist oben!« Sie machte eine Pause, und ihre Stimme spreizte den kleinen Finger, als sie leise raunte: »Ansgar hat es ihr gesagt!«

Ich kapierte nicht sofort. Käthe lenkte mich zu sehr ab, weil sie Stiefi bat, für Herrn Weber seine Lieblingsmusik aufzulegen, Zarah Leander.

Aber dann fiel mir plötzlich ein, daß es nur eine Sache gab, die Ansgar ihr gesagt haben konnte. Und mir wurde flau im Magen, und ich hörte, wie im ersten Stock eine Tür schlug. Dann tauchte Zitrone auf. Sie sah aus wie ein Swimmingpool ganz ohne Wasser.

Käthe sprang natürlich direkt vom Zehnmeterbrett hinein.

»He, Schwester! Das ist der Herr Weber! Wollen wir ihn mal baden?«

Mein kleiner Tambour, erklang in Moll der CD-Spieler.

Zitrones Wimpern hoben sich leicht. Dann kam sie die Treppe herunter. Ich lief ihr hinterher, wollte sie etwas fragen, aber sie entzog sich mir.

»Weberchen will nicht baden, aber er muß doch, was? Guck doch mal«, zeterte Mama.

Zitrone nickte abwesend, verschwand im Bad, mit Herrn Weber, sehr tapfer und erstaunlich. Wollte nicht, daß man ihre Augen sah. Warum ging sie nicht direkt nach draußen, fort, fort, weg von hier?

Mein kleiner Tambour, mit dir war amour, der Regen verhalf uns zum Glücke.

Ich schlüpfte ebenfalls ins Bad und schloß hinter uns ab.

Herr Weber war ganz in den Anblick der römischen Bodenmosaike vertieft und bemühte sich, nicht auf die lächelnden Nereiden zu treten. Mechanisch begann Zitrone, Badewasser einlaufen zu lassen. Sie auf dem Wannenrand, ich langsam auf sie zugehend, hielt uns Herr Weber wahrscheinlich für eine kleine Allegorie mit Wasserdampf.

»Faß mich nicht an! Du hast es die ganze Zeit gewußt!«

Sie stand auf und bat den Alten, sich auszukleiden. Er rührte sich nicht.

»Was hätte ich sagen sollen? Mein Bruder hat eine andere?«

»Ich dachte, du magst mich!«

»Ich wollte nicht, daß du Schmerzen hast! Wieso sollte ich dir die Schmerzen zufügen? Ich will das nicht. Ich will das nicht. Es ist entsetzlich! Hast du ihm wenigstens eine reingehauen?«

Sie steckte Herrn Weber eintausend Euro in die Wolljacke, bevor sie sie ihm auszog. Er starrte seiner Jacke hinterher, die trunken vor Freude auf den Klodeckel sank. Ansgars Geld. Krankengeld. Aufwandsentschädigung.

Tausend Euro.

Long life investment.

Sie lächelte. Die Tränen liefen ihr herunter.

Dann zog sie vergeblich an dem Ärmel des Alten, der jammernd verharrte.

»Verdammt, ich kriege seinen Schlafanzug nicht aus. Hilf mir, du Trottel!«

Ich half ihr, es war das erste Mal seit Jahren, daß ich irgendjemandem half.

Sie wandte sich an den Alten, versuchte vergeblich, das Weinen zu unterdrücken.

»Sagen Sie mal, Herr Weber, warum geht dieser Ärmel nicht ab?«

Der Alte hob seinen Kopf, und sein Gesicht war rot, aber mir war nicht klar, weshalb er sich schämte.

»Vorm Monat hab ich mir den Arm verbrannt, überm Gasofen. Und das tat weh. Und dann kam meine Nachbarin und hat alles gepudert und den Schlafanzug drübergezogen und gesagt, sie käme am andern Tag wieder. Aber das war nicht so. Sie kam nicht wieder.«

»Beugen Sie mal den Arm ein wenig vor! Ja, so.«

»Sollen wir Wasser drauftun?« fragte ich unnütz.

»Nein, geht schon«, sagte sie und zog behutsam an dem Stoff.

»Und der Arm begann zu jucken und wieder weh zu tun. Und nach einer Woche konnte ich gar nicht mehr schlafen.«

Endlich gelang es ihr, den Ärmel halb abzuziehen.

Wir konnten nicht mehr atmen. Ich mußte wegsehen.

»Gleich haben wir's«, keuchte Zitrone.

»Und am nächsten Morgen«, fuhr der Alte wimmernd fort, »am nächsten Morgen hab ich mal unterm Ärmel nachgesehen, vorsichtig. Und dann ... bewegte sich da irgendwas.«

»Was bewegte sich?«

»Ich konnte es nicht genau erkennen. Wie lauter kleine Bläschen.«

»Menschenskinder, Herr Weber, und dann?«

Sie schluchzte kurz, ihre Nase begann zu laufen, sie tupfte sie an ihrem Hemd ab. Dann streifte sie Herrn Weber mit einer langen, fließenden Bewegung (etwa wie beim Bettenabziehen) den Pyjamaärmel herunter.

Sein Arm war blau angelaufen, und da, wo die Wunde sein mußte, lag ein speckiges Tuch auf, glänzend vor rostroter Nässe.

»Na, ich hab gleich das Tuch wieder draufgelegt. Und jetzt geht es schon wieder besser. Es tut jedenfalls nicht mehr weh.«

Sie hob das Tuch hoch.

Ich mußte mich übergeben.

Herrn Weber war das alles sehr peinlich.

Zitrone betrachtete die Maden, die in Herrn Webers Arm erschreckt das Weite suchten.

Der Arm war übersät von Maden. Weiße, unschuldige Dinger, deren Äuglein das plötzliche Licht nicht gut vertrugen.

Als wir unten auf der Straße den Krankenwagen erwarteten, der Herrn Weber und Zitrone wegbringen sollte, standen wir lange nebeneinander, und erst ganz am Schluß brach Zitrone das Schweigen. Sie sagte, falls wir uns nicht mehr sähen, wäre da noch was. Sie hatte sich wieder im Griff.

Sie sagte, als sie meine Mutter aus dem Hospital nach Hause gefahren hätte, sei diese ganz aufgelöst gewesen.

113

Ich würde mich vielleicht noch daran erinnern. Was ich Mama prophezeit hätte. Daß sie vor mir sterben würde.

Und meine Mutter hätte gesagt, in diesem Falle, oder falls ihr Knochenmark nichts tauge, gäbe es ja immer noch eine Möglichkeit für Jesko.

Renates Kind.

Renates Kind, hätte sie gesagt, sonst nichts.

Und Zitrone habe nicht nachgefragt, weil sie es für Quatsch hielt.

»Das wollte ich dir nur noch sagen«, meinte sie.

Der Wind strich über das Weizenfeld auf ihren verschränkten Armen.

Renates Kind.

Wenn alle lügen, kann alles wahr sein.

Mein kleiner Tambour, die Sache war nur, die Sonne zerbrach uns in Stücke.

— 15 —

Renates Kind.

Ich erinnere mich.

Nach dem Baden bürstete mir Käthe immer die Haare, Locke für Locke, bis ich wie das Baby von Grace Kelly aussah. Das waren ihre eigenen Worte, und sie sprach Grace wie mit zwei E aus, Grees, und mit scharfem S, aber damals hatte sie auch noch alle Zähne.

Zähne und Haare waren ihr äußerst wichtig, Haare vielleicht noch eine Spur wichtiger, und sie war froh und stolz, daß unsere Frisuren nie Anlaß zur Besorgnis gaben.

Wir waren überhaupt eine gutaussehende Familie, und wenn wir Kinder im BMW Cabrio hinten saßen, das Verdeck heruntergekurbelt war und alle unsere verschiedenen Haare im Wind wehten, boten wir ein schönes Bild. Genau damit lockte uns Mama, wenn sie unsere Köpfe shampoonierte. Und im Gegensatz zu meinem Bruder liebte ich es, von ihr gebadet zu werden. Ihre Hand glitt wie ein zufällig vorbeischwimmender Fisch in meine Hautfalten, und dabei summte sie plattdeutsche Lieder. Es waren die Lieder ihrer Großväter, die noch Schafhirten gewesen waren, Analphabeten beide. Die Texte verstanden wir nicht, aber die Melodien konnten selbst Schafe verstehen, so einfach und schlicht waren sie, der Anmut des Grasens gewidmet.

115

Unter Wasser, wenn Ansgar und ich um die Wette die Luft anhielten, klang Mamas Stimme besonders fern, aber auch besonders anziehend, und ich stellte mir vor, sie sei eine Elfe, und wir wären die verzauberten Blümchen.

Niemals hat sie diese Lieder gesungen, wenn Fremde in der Nähe waren. Denn sie war immer auf der Hut. Und was sie wirklich fürchtete: daß irgend jemand auf ihre Herkunft hätte schließen können.

Meine Mutter erblickte am 1. August 1947 das Licht der Welt, in einer schimmelig-schwarzen Behausung, inmitten von Schiebewurst, Brennesselsuppe und dem wackligen Parcours kleinbürgerlicher Normen. Ihr Vater arbeitete in einer Göttinger Brauerei, flickte Fässer und war für die Instandhaltung der Bierkutschen zuständig. Seine Frau ging in fremdem Haushalt zu Dienste, wie Schrubben, Bohnern und Bügeln damals hieß.

Mit vierzehn wurde Käthe in Göttingen auf der Straße angesprochen, weil sie der jungen Anna Magnani so ähnlich sah. Man bat sie um Probeaufnahmen für einen Kinofilm. Das Glück war nicht, daß Käthe die Rolle bekam, sondern daß sie es vor ihren Eltern verbergen konnte. Sie fälschte ein paar Unterschriften und spielte eine freche Italienerin, die zweieinhalb Szenen lang mit Christine Kaufmann befreundet war. Ein Filmkritiker erwähnte ihre Leistung in einem Nebensatz als »zu blühenden Hoffnungen Anlaß gebend«. Mama war besonders stolz, da sie außer »Spaghetti« kein einziges Wort Italienisch sprach.

Als ihr Vater davon erfuhr, schloß er sie drei Tage lang in seinem Werkstattkeller ein.

Dann kamen Leute vom Studio und legten ihm einen Vertrag vor. Man lobte Käthes natürliche Eleganz, ihren Zauber, ihr Temperament. Man bot überdies an, ihre Ausbildung zu finanzieren, ja, unter Umständen sogar ein Studium zu ermöglichen.

Aber mit dem Starrsinn von fünf Generationen niedersächsischer Schafhirten läßt sich nicht gut verhandeln. Oppa (wie er bei Ansgar und mir im Gegensatz zu unserem vornehmen baltischen Opapa hieß) fand es besser, wenn seine Tochter in der Fabrik arbeitet. Wie anständige Sozialdemokraten. Das sagte er auch.

Schauspielerei war was für Nutten und Juden.

Auch das sagte er.

Und damit war der Fall erledigt.

Käthe lernte meinen Vater 1966 auf dem Göttinger Völkerkommers kennen. Er hatte sich mit einigen baltischen Corpsbrüdern einen Rausch angetrunken. Seinen Säbel vergaß er in dem Lokal, in dem sie als Aushilfskellnerin arbeitete. Sie hastete ihm hinterher. Es muß ein merkwürdiger Anblick gewesen sein, eine blutjunge, hübsche Serviererin, die mit blanker Hiebwaffe durch die Altstadt hetzt. Sie bemühte sich gar nicht erst, das Keuchen zu unterdrücken, als sie Gebhard schließlich einholte.

Er dankte ihr und erreichte rechtzeitig die Mensur, die ihn ein Stück seiner Lippe kosten sollte. Daher blutete er bei ihrem ersten Kuß so heftig, daß sie sich danach beide die Gesichter waschen mußten.

Käthe hatte nicht vor, sich die zweite große Chance in ihrem Leben durch die Lappen gehen zu lassen. Wieder war Oppa dagegen, der stets glaubte, daß man nur wird, was man schon ist.

Doch Käthe griff mit beiden Händen zu, und dann wurde sie emporgerissen auf eine Wolke, weil sich eine befruchtete Eizelle so lange in ihrem proletarischen Uterus einnistete, bis sie Ansgar hieß. Die Heirat kam und die Niederkunft und die guten Sitten und die großen baltischen Bälle und die nötige Konversation und der französische Hauslehrer und die Klavierkonzerte, und Mama lernte und lernte und lernte, eine richtige Dame zu sein, eine Zierde ihres Stammes. Alles, was in ihr nach Schaf oder Straßenköter, nach Bierkutsche oder Hilfsköchin roch, riß sie sich aus, bis auf die Lieder.

Die Ehe meiner Eltern schien glücklich zu sein. Aber was ist schon Glück. Glück, sagt Seneca, heißt, auf einer Anhöhe zu wohnen und zu sehen, welche Unwetter uns drohen und daß man ihnen nicht ausweichen kann.

Es begann damit, daß ich eines Nachts nicht schlafen konnte. Und da mich Ansgar nicht in sein Bett ließ, weil ich angeblich Blähungen hatte, schlurfte ich beleidigt hinüber ins Schlafzimmer meiner Eltern. Doch die Decke meines Vaters lag faltenlos im Mondlicht, und Käthes Bett war verknautscht, aber ebenfalls leer.

Ich taperte ratlos in die Küche, und da saß Mama unter dem Kegel der Küchenlampe, den Kopf in die Hand gestützt, vor ihr eine Flasche Whisky. Ich wollte einen Schluck haben, denn es sah aus wie Apfelsaft. Meine Mutter lächelte, schraubte die Flasche zu (ich höre heute noch das Knirschen im Gewinde) und flüsterte mir ins Ohr, während sie mich ins Bett zurücktrug, daß sie meinen Vater liebt, so liebt.

Es war das erste Mal, daß ich sie weinen sah.

In all den Jahren hat sich meine Mutter sonst nie etwas anmerken lassen. Sie sorgte dafür, daß wir Kinder es ganz normal fanden, daß Papa nicht regelmäßig bei uns übernachtete. Und sie hätte ihm alles verziehen, wenn er sie nicht verlassen hätte.

Der Brief des Rechtsanwalts traf sie unvorbereitet. Die Scheidungsklage zerriß sie in kleine Schnipsel. Sie ignorierte sie einfach. Sie rief Omma an und schwärmte von den neuen malvenfarbenen Bettüchern aus Crêpe-de-Chine, die sie sich zu leisten gedachte. Zwölf Jahre lang hatte sie sich einen goldenen Panzer geschmiedet aus der Nachkriegsmoral und den Benimmregeln einer Klasse, der sie mit der ganzen Kraft ihres kleinen Herzens angehören wollte. Von einem Augenblick auf den anderen wog dieser Panzer nicht mehr als eine Eierschale, aus der in den nächsten Monaten etwas schlüpfte, das so schwarz und verzweifelt war, wie eine Seele nur sein kann.

Meine Mutter zog in den Krieg, der eine gnadenlose Selbstbestrafung war. Ich habe sie niemals zuvor rauchen sehen, und nun rauchte sie am Tag fünfzig Zigaretten, und während sie rauchte, machte sie ein Gesicht, als würde sie sich mit Benzin übergießen. Obwohl sie keinen Alkohol vertrug, brauchte sie nur zwei Wochen, um den Weinkeller meines Vaters zu erledigen. Danach entließ sie die Putzfrau und freute sich über den Dreck, in dem wir lebten.

Einmal mußte ich in die nahegelegene Apotheke gehen, um für hundert Mark Tabletten zu kaufen. Als der Apotheker fragte, was für Tabletten, sagte ich, von allem etwas.

Es war, als würde man nach sich selbst mit Dynamit fischen.

Mein Vater blieb noch eine Weile bei uns wohnen, wegen uns, wie es hieß.

Er schloß sich in seinem Arbeitszimmer ein, und manchmal kam er heraus, um sich mit einem Schwall obszöner Beschimpfungen übergießen zu lassen. Käthe, stets betrunken, warf ihm Namen von Frauen an den Kopf, und dann zeigte sie uns ein Staubsaugerrohr und erklärte, was Papa alles damit anstellen konnte.

Einmal rammte sie mit ihrem Wagen seinen BMW, mitten auf der Ludwigstraße in Saarbrücken.

Später fuhr sie mit geschlossenen Augen in eine Einbahnstraße, um Ansgar zu zeigen, wie wütend sie war, und überfuhr einen Hund.

Sie rauschte in meines Vaters Büro und ohrfeigte ihn mitten in einer Konferenz, bis sein Ohr die Akten vollblutete.

Seiner ehemaligen Jugendfreundin schickte sie benutzte Binden, eingepackt in deren alte Briefe.

Doch erst als Mama behauptete, daß mein Vater ein Kind mit einer anderen Frau habe, verließ er unsere Wohnung.

In dem Antrag ihres Rechtsanwaltes auf Ruhen des Verfahrens findet sich unter römisch Vier dritter Absatz folgende Textstelle:

»Der Kläger weigert sich, den Nachnamen der Zeugin zu benennen, die im folgenden als Renate X aktenkundlich vermerkt wird. Bei der fraglichen Zeugin Renate X handelt es sich den Worten des Klägers zufolge um eine Kosmetikerin, die später als Schreibkraft bei einem Anwalt arbeitete. Der Kläger erklärte der Beklagten immer wieder, die fragliche Zeugin habe ihn in sexueller Hinsicht total verdorben. (Beweis: Parteivernehmung des Klägers.)

Außerdem hat der Kläger etwa folgendes wörtlich wiederholt zu der Beklagten gesagt: ›Die Renate hat ein Kind von mir. Ein paar Tage vor der Hochzeit hat mich die Renate auf einer Wiese in der Nähe des Bahnhofs verführt. Ich muß mich mit ihr in Verbindung setzen und mit meinem Kind sprechen.‹ (Beweis: Zeugnis des Dr. Sorgwal, Parteivernehmung des Klägers.)

Der Kläger hat in Gegenwart des Dr. Sorgwal diesen Sachverhalt nicht bestritten.

Er sagte jedoch sinngemäß, das Kind sei in erster Linie Renates Kind.«

— 16 —

»Hör auf zu schaukeln, Mama!«

»Das bin ich nicht! Das ist der Stuhl!«

»Wenn du nicht schaukelst, schaukelt auch der Stuhl nicht!«

»Aber es ist doch ein Schaukelstuhl.«

»Du machst mich wahnsinnig!«

»Warum fällt mir ihr Name nicht ein? Ich muß denken, denken!«

»Diese Renate hat es nie gegeben, Mama. Und dieses Kind erst recht nicht.«

»Frag Papa.«

»Ich habe ihn gefragt.«

»Dann schlitz ich ihm die Kehle auf, diesem alten Lügensack!«

»Du kannst nicht alle zwei Wochen versuchen, ihm die Kehle aufzuschlitzen! Irgendwann nimmt er es persönlich.«

Sie fing an zu weinen.

»Ich kriege eine Depression«, sagte sie. »Du bist doch mein Junge. Warum glaubst du mir nicht? Du mußt mir doch glauben, ich sage doch immer die Wahrheit.«

»Wie soll ihr Name denn sein?«

»Aber er fällt mir nicht ein! Er fällt mir einfach nicht ein!

Bei der Schwester, da ist er mir eingefallen. Aber sie hat sich anders benommen. Anders als du. Liebevoller. Wenn sie hier wäre, sofort würde mir Renates Scheißname wieder einfallen!«

»Sie ist aber nicht mehr hier!«

»Wir müssen sie besuchen!«

»Nein, Mama.«

»Auf der Stelle!«

»Renates Kind gibt es nicht! Das war doch schon damals im Prozeß klar! Das ist alles ein Hirngespinst! Kapier's endlich! Und wir werden nicht wegen so einem Dreck zu dem Mädchen fahren! Die ist fertig! Die ist tot! Die schreit die Wände an!«

»Ich kann sie trösten!«

»Du kannst niemanden trösten, Mama! Dazu bist du nicht fähig!«

Hinter uns hörte man Flügelschlag, und dann landeten zwei Gänse draußen im See. Ein paar Mücken tänzelten um uns herum, und erst daran erkannte ich, daß Käthe schon lange mit Schaukeln aufgehört hatte. Hin und wieder kniff sie Daumen und Zeigefinger zusammen, die etwas taub waren.

»Ich weiß, Jesko«, sagte meine Mutter mit einer neuen Stimme. »Ich weiß, was du von mir hältst. Das ist nun einmal so. Aber in dieser Sache, da mußt du mir glauben. Ich erinnere mich kaum noch, das ist das Schlimme, das ist das Schlimme. Schlimmer Kopf!«

Sie schlug sich mit den Knöcheln dreimal auf die Schädeldecke.

»Aber man kann etwas wissen und vergißt es trotzdem.

Man kann alles vergessen. Und irgendwann taucht es wieder auf. Renates Kind . . .«

»Mama . . .«

»Ich bin nicht irre, Liebling. Ich schwöre dir, du hast noch einen Bruder, und wenn wir zu dieser Schwester fahren, kannst du ihn finden.«

Es war jene Art typischer Zwangsvorstellung meiner Mutter, der man sich schwer entziehen konnte. Es klang vollkommen unlogisch und hatte dennoch eine Kraft, weil Wahnsinn immer eine Kraft hat, wenn er klipp und klar artikuliert wird.

Daß Käthe Zitrone brauchte, damit sie sich an etwas erinnern konnte, was niemals stattgefunden hat, hätte mich schon abschrecken müssen.

Dennoch versprach ich, ihre Adresse in Erfahrung zu bringen, vielleicht weil trotz allem ein Zweifel in mir nagte, vielleicht auch, weil ich vor mir selbst einen Vorwand brauchte, um sie wiederzusehen.

Die Suche nach ihr war aber nicht einfach.

Ansgar wurde sogar wütend, als ich ihn um die Anschrift bat. Er verbot mir, Kontakt zu Zitrone aufzunehmen, wußte im übrigen auch nicht, wo sie untergeschlüpft war. Sie hatte keine eigene Wohnung, und aus seinem Apartment war sie verschwunden.

Ich sagte ihm nicht, worum es ging. Ich hätte es grotesk gefunden, weil ich allein schon die Vorstellung grotesk fand, daß ich etwas tat, woran ich nicht glaubte.

Daher war alles eher verdeckt als offen.

Schließlich fuhr ich nach Mannheim ins städtische Klini-

kum, um Zitrone im Dienst abzufangen. Im Schwestern-
zimmer traf ich einen ondulierten Drachen, der gerade
Pause machte. Als ich mein Begehr geäußert hatte, stierte
mich der Drachen an und stellte seinen Joghurt zur Seite.
Nein, sagte er gedehnt, in breitestem Mannheimerisch, die
Kollegin sei nicht da. Krank gemeldet. Die ganze Woche.
Die mache sich's einfach.

»Erscht in Urlaub gehe zwäh Woch', und dann aa noch
krank melde, ha wo kimmema denn do hie? Abba die steht
eh schon anne Abschußramp! Da fehlt noch'n Tröppelsche,
und dann is Feierahmd!«

Schließlich, nachdem er mir versichert hatte, daß dies keinesfalls erlaubt sei, gab mir der Drachen Zitrones Anschrift
mit Telefonnummer.

Unter der Nummer meldete sich nur ein Anrufbeantwor-
ter. Eine männliche, etwas gepreßte Stimme.

Ich hinterließ keine Nachricht.

Sie wohnte in einem Teil der Stadt, wo man mit Bus und
Bahn schlecht hinkommt. Ich wollte mir ein Auto organi-
sieren, was ein schwieriges Unterfangen ist, wenn man
keine Fahrerlaubnis besitzt.

Ich durchforstete Mamas Papiere, einen Wust verklebter, in
allen Regenbogenfarben schillernder Dokumente. Schließlich fand ich zwischen zwei festgebackenen Kinderfotos
von Ansgar ihren total zerfetzten, grauen Führerschein.

Die Sachbearbeiterin der Autovermietung starrte erst
mich, dann Mama an. Dann fragte die junge Frau, warum
es keine Ähnlichkeit gebe zwischen meiner Mutter und
ihrem Foto, erhielt aber keine Antwort.

Als wir den Wagen übernahmen (Golf TDI Automatic), hatte Mama Angst. Sie war seit zwanzig Jahren nicht mehr gefahren. Ich erklärte ihr, wo Gas und Bremse sind, und sie gluckste besorgt. Formel-1-Rennfahrerin gehörte zu den wenigen Berufen, die sie noch nicht ausgeübt hatte.

Wir kamen ganz gut voran, weil ich mit einer Hand mitlenken konnte.

Die Adresse, zu der wir fuhren, lag in Waldhof, einem Arbeiterstadtteil im Norden Mannheims.

Es war ein winziges Backsteinhäuschen in einer Zwanzigerjahresiedlung, die allmählich das Zeitliche segnete. Gegenüber lag eine alte, sandige Schutthalde. Die Straße war aufgerissen, und ein paar türkische Kinder bewarfen sich mit Steinen.

Ich öffnete das, was von der Gartentür noch übrig war. Der winzige Vorgarten, kaum größer als ein Perserteppich, wuchs bis in Brusthöhe zu einem Dschungel aus Dornen, Gebüsch und alten Abfällen.

Das Haus selbst war bunt angemalt, in der Art Kreuzberger Hausbesetzerkunst. An der Tür hingen ein paar Sinnsprüche wie »Der entzauberte Mythos« oder »Wer Eier ißt, ißt Seelen auf!« Sie waren auf Bockwurstpappen gemalt.

Ich klingelte.

Schritte schlurften näher.

Ich erkannte ihn sofort, als er öffnete. Er war höchstens fünfundzwanzig, hatte rötliche Haut und war von hübscher, herausfordernder Schwächlichkeit. Interessant fand ich, daß seine Hütte von den gleichen Vogelexkrementen betupft war wie seinerzeit der Fiat Uno. Die Bilder schossen mir durch den Kopf, wie er damals auf das Lenkrad gehämmert hatte. Irgend etwas in mir tat weh, als mir klar wurde, wie schnell Zitrone sich zu trösten weiß.

»Tag, bin ich hier richtig bei Frau Kolum?«

Er musterte mich mißtrauisch. Ich stellte mich kurz vor, dann ließ er uns hinein.

Zitrone war nicht da, er sagte, es würde noch eine ganze Weile dauern, aber wir könnten warten und uns von ihm die Nasen eingipsen lassen. Er war Künstler und arbeitete gerade an einer Nasenskulptur. 2000 Nasen wolle er zu einer Pyramide türmen, zirka 380 habe er schon. An den Wänden waren Farbspritzer und Bilder. Das große Gemälde einer blauen Vagina.

»Ein Porträt von Frau Kolum!« erklärte der junge Mann.

»Sie wird immer wieder zu mir zurückkommen, das sieht man schon an dem Ausdruck, den sie auf dem Bild hat«, sagte er.

Ich hatte keine Lust, mir meine Nase eingipsen zu lassen.

»Wo ist sie gerade?«

»Da, wo sie Ihren feinen Bruder kennengelernt hat. Sie sollte dort nicht mehr hingehen. Es tut ihr nicht gut. Ich gehe schon seit Monaten nicht mehr hin.«

Als ich ihn fragte, wovon die Rede sei, schaute er mich überrascht an.

»Sie wissen nicht, wovon ich rede?«

Als ich verneinte, lachte er hell und meinte, das müsse ich mir aber unbedingt ansehen.

Er gab mir die Adresse und ein paar Tips und versprach, solange auf Käthe aufzupassen. Dann rührte er Gips an.

Er hieß Schorschie.

— 17 —

Ich stahl mich in eine verlassen wirkende Schule, folgte all
den Treppen, wie Schorschie gesagt hatte, erreichte schließlich das, was er den A-Raum nannte. Ich schloß mit dem
Schlüssel, den er mir gegeben hatte, ein benachbartes kleines Kabuff auf. Eine fensterlose Kammer voll mit Akten-
ordnern. Ein Prachtstück von einem B- oder C-Raum. Ich
hörte gedämpfte Stimmen, wagte nicht, das Licht anzuma-
chen. Ich schloß hinter mir ab, schlich mich hinüber zu
einer anderen Tür, die von einem Regal verdeckt war. Leise
räumte ich ein paar Ordner zur Seite, fand das Schlüssel-
loch und beliebte hindurchzublicken.

Was ich sah, war ein ganz normaler Schulsaal. Da saß eine
Gruppe von vielleicht zwanzig Personen jeden Lebensalters
hinter den Schulbänken. Es gab eine Seminarleiterin, die
sich Rita nannte und attraktiv aussah, trotz ihrer Pferde-
schnauze.

Sie fragte, wer denn heute arbeiten wolle, und ein paar Finger schossen in die Höhe.

»Ich brauche eine Viertelstunde«, sagte einer.

Eine gemütliche Hausfrau sagte: »Ich möchte über meinen
Eßrückfall sprechen!«

Rita schrieb sich ein paar Namen auf und erklärte, jeder
werde der Reihe nach drankommen, aber sie würde gerne

128

erst einmal denjenigen oder diejenige konfrontieren, die letztes Mal ihren Fruchtjoghurt aufgegessen habe.

Es gab ein langes Schweigen im A-Raum.

»Also, wen kann ich konfrontieren?« fragte Rita.

Niemand sagte etwas.

Rita bekam einen betrübten Gesichtsausdruck und meinte, das sei sehr schade, dieser Mangel an Konfliktzentrierung.

Dann erklärte sie den heutigen A-Raum für offen und bat den Patienten Heinz nach vorne. Ein schwergewichtiger, etwa fünfzigjähriger Bartträger wuchtete sich von seinem Stuhl.

»Ich bin Heinz«, sagte er. »Alkoholiker, tablettenabhängig, freß-, kotz- und spielsüchtig.«

Er stammelte unzusammenhängendes Zeug über seine Gewohnheiten beim Brotkauf, bekam aber von Rita und den anderen einen langen, therapeutischen Applaus.

Nach ihm kam die hübsche, junge Tanja, freß-kotzsüchtig.

Ellie, die tablettenabhängige Blumenverkäuferin.

Robert, der schwer beziehungsgestörte Eisenbahnfan.

Und als letzte kam Zitrone.

Es gab mir einen Stich, sie so traurig und verloren dastehen zu sehen.

»Ich bin Simone. Ich bin sexsüchtig. Ich hatte einen Rückfall, nachdem mein Verlobter mich verlassen hat. Ihr kennt ihn, er war früher auch hier. Ansgar.«

»Oh, Ansgar«, seufzte jemand.

»Aber ich weiß ehrlich gesagt nicht, ob ich das überhaupt sagen will. Ich glaube, ich werde nicht mehr kommen. Das ist heute wohl das letzte Mal, daß wir uns sehen. Das ist eigentlich alles, was ich sagen wollte.«

Rita schaltete sich ein. Sie gab ihrem Bedauern Ausdruck. Sie wollte, daß Zitrone nichts überstürze, daß sie eine Stellungnahme abgab. Über ihre Trennung sprach.

»Da gibt es nichts zu sagen. Es hätte sowieso nicht gehalten. Ich hätte alle Beteiligten ins Unglück gestürzt, insofern ist es vielleicht richtig so. Da war sein Bruder, den mochte ich sehr gerne. Ich wollte sofort mit ihm schlafen, aber da ich wußte, daß ich ihn danach nicht mehr gemocht hätte, hab ich das irgendwie ausgehalten. Ansgar hat mich mit ihm in ein Haus gesteckt.«

Sie lachte, aber es klang nicht indianisch diesmal, es klang nicht mal nach Lachen.

»Er wollte sicher, daß so was passiert, na ja, daß ich ausraste und seinen Bruder verführe. Dann hätte er nicht so ein schlechtes Gewissen gehabt, als er mich in die Wüste schicken mußte.«

»Was ist das für ein Mensch, Ansgars Bruder?«

»Ich weiß nicht.«

»Bitte keine unklare Haltung, Simone!«

»Ich weiß nicht, anders.«

»Vielleicht versuchen wir es mit einer Tabelle?«

Zitrone zögerte. Ihre Finger flatterten wie Vögelchen vor dem Pult, auf das sie sich schließlich stützte. Sie schloß die Augen.

»Er heißt Jesko.«

Als ich das hörte, schloß ich ebenfalls die Augen.

»Oh, Jesko«, ließ sich der Seufzende vernehmen.

»Ein Meter achtzig. Ungefähr fünfundsiebzig Kilo. Dünn. Schmächtig. Leukämie. Mitte dreißig. Hat Angst, daß sich die ganze Welt, wenn er die Deckung auch nur für eine Se-

kunde aufgibt, in ein Chaos verwandelt. Weiß nicht, was er kann. Versucht sich als Schneider. Modejournalist. Alles mögliche. Spielt Klavier. Fleischfresser. Hat bis jetzt nichts auf die Reihe gebracht. Verliert gerne, aber mit Stil und in selbstgeschneiderten Klamotten. Hält nette kleine Beobachtungen für das einzig Wichtige im Leben. Legt sich mit allen an, die anderer Ansicht sind. Fährt ohne Führerschein. Beleidigt Polizisten. Hat mir Zehschellen gebastelt. Hat mich ebenfalls beleidigt. Beleidigt ist das falsche Wort. Vernichtet trifft es besser. Wehrt sich gegen die, die ihm helfen. Die ihm schaden, sind ihm egal. Hofft das Schlimmste. Fürchtet das Beste, weil es für ihn nichts Gutes gibt. Schleppt immer ein Buch mit schlauen Sprüchen rum. Nervt ziemlich. Seine Ehe ist gescheitert. Er hat eine Tochter. Er könnte bald sterben.«
»Empfindest du etwas für ihn?«
»Ich glaube nicht, daß das eine Rolle spielt. Nein, ich würde gerne, ich würde gerne. Aber ich weiß mittlerweile, daß ich nicht lieben kann. Immer ist diese Sucht da, die soviel stärker ist. Und danach ist alles leer und schmutzig und gemein. Ich hatte gehofft, mit Ansgar ändert sich was. Aber ich hätte ihn bestimmt betrogen. Ich hab ihn ja betrogen. Ich kann nicht anders. Ich bin kalt, ich bin im Herzen kalt, da kannst du noch soviel ›Vom Winde verweht‹ gucken. Und deshalb wohne ich wieder bei Schorschie.«
»Oh, Schorschie«, sagte dieselbe Stimme wie zuvor.

Ich rannte in Schorschies Haus, um meine Mutter abzuholen. Ihr ganzes Gesicht lag unter einer Gipsmaske.
»Na, wie war's?« fragte mich Schorschie.
Ich fragte ihn, was er für ein Ding am Laufen habe.

»Ich bin schwer selbstmordgefährdet«, grinste er mich an.

Ich gab meiner Hoffnung Ausdruck, daß er nicht allzulange damit warten möge, sich an die Arbeit zu machen, am besten mit einer Schrotflinte, mitten ins Gesicht.

Dann zerschlug ich ein paar vorwitzige Gipsnasen, die in der Gegend herumstanden, und riß Mama hoch. Sie sagte keinen Ton, damit die Maske sich nicht verzog. Ich zerrte sie nach draußen.

Dort kam Zitrone gerade in Schorschies schrottreifem Uno angebrummt.

Sie freute sich, mich zu sehen.

»Wollen wir nicht einen Tee zusammen trinken?« jubelte sie.

Nein, das wollten wir nicht. Alles Liebe auch. Meine Güte, sie sah so unschuldig aus, so rein, und ihre Augen waren blaue Murmeln, die auf mich zukullerten, und in der Dämmerung glänzte ihre Haut matt, wie der vergiftete Apfel in Schneewittchen.

Leider konnte ich nicht sofort los, weil ja Mama fahren mußte, und deshalb rupfte ich ihr die Maske vom Gesicht. Dann sah sie Zitrone und freute sich und überlegte, ob ihr der Nachname von Renate einfällt.

»Das ist so schön, daß ihr hier seid, geht doch nicht gleich wieder!« bat uns Zitrone.

Der Name fiel ihr tatsächlich ein, Böckl, Renate Böckl, und es gab erst recht keinen Grund zu bleiben. Ich rutschte auf irgendwas aus und fiel hin, und Zitrone half mir auf und Käthe wollte wissen, was aus Herrn Weber geworden sei und Zitrone meinte, man hätte ihm den Arm amputieren müssen, dem Herrn Weber, aber es gehe ihm ganz gut ohne Arm und Mama sagte, die Schwester sei so ein wunderbarer, warmherziger Mensch und ein Stein flog von den kleinen Türken herüber und ich setzte mich selber ans Steuer und raste los.

Zwar kam ich diesmal in keine Polizeikontrolle. Dennoch war Stiefi aufs äußerste gereizt, daß ausgerechnet sie abends ausgerechnet meine Mutter abholen mußte.
Ausgerechnet bei Zitrone.

— 18 —

Das Schlimmste ist, wenn du zu Pudding wirst, wenn sie dich weglöffeln können, weil du einfach keine Kraft mehr hast.

Was sagte Madame Solms (numéro un), die Geschiedene des Fabrikanten, was sagte sie zahnlos und heuristisch, was sagte sie, das einen plötzlich aufhorchen ließ?

Renate Böckl, sagte sie.

Aber es war mir so gleichgültig wie Weiß oder Schwarz oder Rot in jenen Tagen. Es war mir so egal wie ein letzter vollgekotzter Vivienne-Westwood-Schrei, es berührte mich weniger als der Sonnentau, den ich am Morgen zertrat, an jenem Morgen nach der Heimkehr aus Schorschies Sex- und Nasenparadies. Und sogar Seneca konnte mir gestohlen bleiben.

Ich fühlte mich nicht gut. Ich war erledigt. Das Mädchen hatte mich in der Mangel.

Sie versuchte mehrmals, mich telefonisch zu erreichen. Sie wollte mit mir reden. Ich hörte Vorwürfe heraus, ihr nachgeschnüffelt zu haben. Ich hörte verletzten Stolz. Ich hörte Sorgen um meine Verschwiegenheit. Ich sagte, sie müsse sich keine Sorgen machen. Sie rief immer wieder an.

Meine Mutter, die das Geräusch klingelnder Handys genießt, wollte jedesmal drangehen. Aber ich setzte sie an ihren Tisch und bat sie, das Ei zu essen, das ich ihr gekocht hatte. Oder dem Klavier zu lauschen, auf dem ich für sie dilettierte. Oder der Nähmaschine.

Kurz, ich versorgte sie, übernahm sachlich die notwendigen Aufgaben, ich war ein Sohn wie aus dem Fisher-Price-Baukasten. Ich funktionierte. Ich war der dritte Wunsch der bösen Hexe. Endlich war ich so, wie man mich immer haben wollte.

Wenn du zu Pudding wirst, ist es wie eine Metamorphose deiner elementaren Teilchen, deiner Atome und Rätsel, und plötzlich merkst du, du bist nichts weiter als Materie, wabbelige, weiche, wehrlose, befristete Materie, auf die die Fische warten.

Je mehr ich mich um meine Mutter kümmerte, desto weniger bemerkte ich sie. Ich glaube, sie gab sich Mühe. Sie unterlief ein wenig die von Professor Freundlieb befürchtete Hirnatrophie (mit zeitlicher, örtlicher und kommunikativer Desorientierung). Sie wusch sich alleine, und ihre Hände lernten, gleichwohl zitternd, unter vielen Rückschlägen das Balancieren von Geschirr.

Renate Böckl machte sie munter. Meine halbherzigen Ankündigungen, die Dame aufzusuchen, gaben ihr Zuversicht und ein paar Gramm Verstand zurück. Und auch wenn ich nicht im entferntesten daran dachte, Kontakt zu jemandem aufzunehmen, der der Phantasie oder der Wirrnis meiner Mutter entsprungen war, so wußte ich dies doch kraftlos zu verbergen.

Ich war weit weg von mir selber. Aber es war mir klar, daß ich spätestens dann zurück bin, wenn der Anruf aus der Klinik kommt.

Dann kam der Anruf aus der Klinik. Die Nummer erschien auf meinem Handydisplay.

Mein Atem wurde flacher. Ich schaltete die Leitung frei.

Aber es war nur Zitrone, die aus dem Äther sickerte. Sie hatte ihren ersten Arbeitstag.

»Jesko, bitte leg nicht wieder auf. Laß uns treffen. Ich möchte ...«

Ein kurzes Zögern, im Hintergrund der Ruf nach einem Skalpell, sie rief direkt aus dem OP an. Ihre Stimme schmolz um ein halbes Dezibel.

»... ich möchte ein paar Dinge erklären. Schorschie ist ein Schwein, ich hätte nicht gedacht ... es tut mir sehr leid, bist du noch da? Leg nicht auf, leg nicht auf, bitte ...«

»Ich gebe das Handy Ansgar zurück«, sagte ich ruhig. »Unter der Nummer bin ich ab jetzt nicht mehr zu erreichen.«

»Jesko ...«

Ich unterbrach die Verbindung und suchte meinen Bruder, um ihm das Handy zurückzugeben, und aus keinem anderen Grund.

Er saß auf dem Blut-und-Boden-Mosaik, in einem der Liegestühle unter dem schattigen Sonnenschirm, wie das blühende Leben.

Ich fragte mich, was mit ihm los war. Was um alles in der Welt hatte er in Ritas A-Raum zu suchen gehabt? Was waren das für Ruten, die ihn quälten? Er wirkte etwa so sexsüchtig wie eine Perlmuschel, Alkohol trank er wenig, er spielte nicht, er hatte weder sichtbare Leiden noch Leidenschaften. »Kokain«, hat er mir einmal zugeraunt, »ist Gottes Art, dir zu sagen, daß du zuviel Geld hast.«

Und dennoch mußte es etwas geben, etwas Bedrohliches.

Ich war fast bei ihm, da sah ich aus den Augenwinkeln die Silhouette meines Vaters. Er spazierte in Begleitung einer Frau auf Ansgar zu. Sie hatte sich bei ihm eingehängt, und als sie in Hörweite kamen, sagte sie ein Wort.

»Korea«, sagte sie.

»Sie haben recht«, bestätigte Papa, »das muß man sich mal vorstellen, daß Korea heute vor uns liegt. Die hatten früher nur Spielzeug.«

»Oder Malaysia.«

Als sie Malaysia sagte, zogen sich für die zweite und dritte Silbe ihre Mundwinkel weit auseinander, fast wie beim Grinsen, und ich bemerkte die Hasenzähne, und sie schaute zu mir aus grünen Augen, denen ein geschickter Kajalstift etwas Katzenhaftes gab. Ansgar blinzelte, richtete sich aus seinem Stuhl auf und gewärtigte die spontane Gruppenbildung.

Er stand auf und wurde förmlich. Ich konnte ihm nicht in die Augen sehen.

»Babs, das ist mein Bruder Jesko. Jesko, das ist die Babs.«

Wir begrüßten uns, und Papa wollte wissen, was ich mit dem Handy vorhabe.

»Ich wollte es nur Ansgar zurückgeben«, sagte ich Papa.

»Zitrone ruft ständig an«, sagte ich Ansgar.

»Zitrone ist seine Ex«, sagte ich zu Babs.

Man schwieg ein bißchen indigniert, und ich spürte, daß mein Vater das Aufsprengen liebgewordener Etiketten fürchtete, und um ihn zu beruhigen, sagte ich:

»Sie sind also die Fernsehtante?«

137

»Ihr Bruder hat mir schon gesagt, daß Sie eine eigenartige Vorstellung von Höflichkeit haben«, nickte sie kühl.

»Babs macht gerade ein Feature über die Marginalisierung und Verarmung Deutschlands«, rettete Papa die Situation.

»Sehr interessant, sehr interessant.«

Da es niemand interessant genug fand, um darauf einzugehen, fügte er hinzu: »Das hast du mir gar nicht gesagt, daß sie aus Ostpreußen kommt!«

»Ich wollte . . .«, begann Ansgar.

»Na ja, nur meine Eltern«, unterbrach ihn die Frau. »Aus Königsberg.«

»Das mußt du mir doch sagen, Ansgar!«

»Ich habe mal ein Feature gemacht«, säuselte sie, »da ging es um den ehemaligen deutschen Osten. Ostpreußen, Schlesien, Pommern, Sudetenland . . .«

». . . das Baltikum?«

». . . genau, Herr Solms, auch das Baltikum.«

Ihre Überheblichkeit wäre sympathisch gewesen, hätte sie nicht diesen Vorhang aus intellektueller Unterforderung dazugewebt. Sie wirkte, als wolle sie eigentlich Sätze sagen wie: Die Intuition eines Features hasardiert losgelöst von der Wissenschaft, die sich mit mathematischen Schritten baltischen Paradoxons und ostpreußischen Infinitums annähert, denn manchmal macht die Ars lunga den sentimentalen Pathfinder der historischen Scientia.

Sie hatte olivfarbene Haut und in ihren Katzenaugen den unsteten Blick ungelebten Lebens, der mir in meiner Generation so oft begegnet, und ich kam nicht umhin, sie mir beim Geschlechtsakt vorzustellen.

»Die Millionen Deutsche, die damals von Stalin vertrieben

wurden, haben sich im Westen eine neue Heimat geschaffen. Totale Integration. Übernahme der Dialekte. Reziproke Verdrängung der Herkunft. Meine Eltern haben kaum von Königsberg geredet. Ich halte mich für eine Hessin. Und wißt ihr, was das Verrückte ist?«

Ihre Möse war vermutlich klein und aggressiv, brauchte viel Feuchtigkeit, liebte die klare, schnelle Antwort.

»Das Verrückte ist, daß sich die Nachkommen der Ostflüchtlinge untereinander paaren. Und zwar unbewußt. In zweiter Generation.«

Sie schaute uns triumphierend an.

»Das hat eine Untersuchung ergeben.«

Sie gestattete sich eine Pause, damit wir uns ein Bild machen konnten.

»Das heißt also: Obwohl ich Hessin bin, paare ich mich nicht mit einem Hessen. Oder einem Italiener. Oder einem Schwarzen. Sondern ich paare mich mit dem Nachkommen vertriebener Balten, da ich Nachkomme vertriebener Ostpreußen bin. Ist das nicht komisch?«

»Sehr komisch«, sagte mein Vater hölzern.

»Und das ist die Regel. Ein Phänomen. Als würden sich die Kindeskinder der Vertriebenen am Geruch erkennen. Wie ausgesetzte Wölfe. In meinem Feature war ein Professor, der hat gesagt, das sei einer seditiven Massenverdrängung geschuldet, die jetzt tiefenpsychologisch ans Licht käme. Unsere vergewaltigten Großmütter, deren Bedürfen sich ins Kollektive weitet! Wir lieben uns, Ansgar, weil unsere Gene zurück in den Osten wollen.«

»Ja«, sagte mein Bruder zerstreut, »ich liebe dich auch, Babs.«

»Sie möchten sich verloben«, sagte später mein Vater zu mir, »nächste Woche schon. Das werden wir unterstützen.« Er freute sich, aber seine Pupillen blieben grün und leer, wie ein Wald, den man vor langer Zeit gelichtet hatte, und mir fiel auf, daß meine Distanz zu ihm nicht selbstgewählt war, sondern zwangsläufig, weil es eine innere Distanz ist, die uns merkwürdigerweise alle miteinander verbindet. Es ist, als ob man ein Weltall im Herzen trägt. Milliarden von Lichtjahren entfernte Planeten, durch die das eigene Blut schießt.

Als mitten in der Nacht das Handy klingelte, mußte es ein schlechter Traum sein, denn ich hatte das Gerät doch zurückgegeben. Aber das Summen endete nicht. Das Handy lag in meinem Wäscheberg. Ich hatte meinen Vorsatz nicht umgesetzt.

Vergessen.

Verdrängt.

Mir wurde schlagartig bewußt, daß mein Gedächtnis nicht mal mehr in der Lage war, die Rückgabe von irgendwelchem Zeug zu bewältigen. Nach dem Schock kam die Wut, weil ich dachte, es sei wieder Zitrone. Wer sollte es sonst sein mitten in der Nacht?

Aber es war gar nicht Zitrone.

Und es war auch nicht mitten in der Nacht. Es war ein früher, beinahe herbstlicher Morgen, und drei Schritte neben meinem Schlafsack saß die Maus.

Hier die Praxis von Professor Freundlieb.

Das Ergebnis der Analyse ist da.

Sie sollen bitte vorbeikommen.

Nein, am Telefon könne man gar nichts sagen.

Ich warf einen Schuh, und die Maus war fort.

Du aber siehst von deiner Warte aus schon, wie ein Sturm bald die Wolken durchbricht und uns droht oder sich schon nähert, um uns und unsere Habe zu verschlingen. Und treibt uns nicht auch jetzt, ohne daß wir dessen gehörig gewahr sind, ein Wirbel im Kreise herum, daß wir das Nämliche zugleich fliehen und suchen und bald in die Höhe gehoben, bald in die Tiefe hinabgeschmettert werden?

— 19 —

Als der Termin bei Professor Freundlieb anstand, war ich
recht neutral. Mein Herz war kein Jojo mehr, ich schwitzte
nicht, und als ich im Wartezimmer saß, las ich Senecas Kapitel über den Segen der Einfalt, aber es zerstreute mich
nicht wie sonst. Den anderen hatte ich einen falschen Termin gesagt, aus den gleichen Gründen, aus denen Popstars
immer die Hinterausgänge benutzen.
Es war ein Dienstag, der letzte warme Tag des Jahres.
Der Arzt rief mich ins Behandlungszimmer, und als erstes
fielen mir die Sorgenfalten auf seiner Stirn auf.
»Das sieht gar nicht schön aus«, brummte der Professor. Er
trug ein weißes Button-down-Hemd und eine breite, mauve-
farbene Krawatte aus Seide unter seinem Ärztekittel. Da er
ein alter jüdischer Dandy war, hängte er sich Chagalls und
Hundertwassers an seine Wände, ebenfalls alte jüdische
Dandies, die eine beruhigende Wirkung auf mich ausüben
wollten.
Ich fragte, was los sei.
Er fing damit an, daß er meiner Mutter einen katastrophal
hohen Zuckerwert bescheinigte. Sie sei in ernster Gefahr,
sie müsse umgehend bei einem Kollegen vorbeischauen,
dessen Adresse er mir gab.
Und keinen Alkohol mehr, befahl er.

142

»Schon ein Bier ist für Ihre Frau Mutter ein Bier zuviel.«
Dann schien er irgendwie erleichtert. Er warf temperamentvoll seine weiße Haarsträhne aufs Haupt, zeigte mir beiläufig mein Blutbild und elektronische Ausdrucke mit den Laborwerten, er benutzte ein paar lateinische Begriffe und sagte dann resümierend, daß eine Knochenmarktransplantation leider nicht möglich sei. Meine Mutter habe nicht die richtige Knochenmarkstruktur.
So etwa drückte er sich aus.
Er gab mir eine ganze Latte neuer Medikamente, darunter mindestens die Hälfte für Mama. Als ich ging, blinzelte er nur aufgeräumt und gab bereits dem nächsten Patienten die Flosse, und ich wußte, das hieß endgültig Feierabend.
Der ganze Aufwand umsonst.
Der Pudding merkte plötzlich, es wird schon ausgekratzt.

Im Internet gibt es inzwischen zahlreiche gutbesuchte Seiten, auf denen Tips stehen wie: »Zum Genickbruch mit Seil bei einem Körpergewicht von 163 Pfund muß man mindestens 2 Meter herunterfallen (minimale Falltiefe).« Oder: »Sprünge aus dem sechsten Stock haben eine Mortalität von 90 Prozent. Versuchen Sie, auf Beton zu landen.«
Ich kannte diese Seiten sehr gut.
Aber auch ohne davon Kenntnis zu haben, hätte ich gewußt, was zu tun war. Manchmal gibt es diese Momente, da weißt du es einfach genau. Es ist wie eine Trance, der Himmel sieht aus wie alte Jeans, über den Straßen lastet etwas Schweigendes, Schweres, und du hast ein klares Ziel.
Ich fuhr in Düsterkeit nach Hause.
Das Taxi setzte mich an der Einfahrt ab.

Ich sah Stiefi und Babs mit ein paar Herren vom Partyservice neben der Garage stehen. Sie planten die Verlobungsfeier. Fast hätte ich ihnen gesagt, sie müßten sie absagen, wegen eines Trauerfalls.

Aber ich war ja erst dabei, den Trauerfall eintreten zu lassen.

Mann, dachte ich, nutze deine Mutlosigkeit. Mach schnell! Ich ging ins Tantenhaus. Käthe war nicht da. Ich schaute weder links noch rechts, riß ein paar Packungen auf und schüttete die restlichen Rattengifte und Ungeziefervertilgungsmittel, die ich noch finden konnte, in eine halbvolle 2-Liter-Colaflasche. Ich streute eine Menge Zucker dazu und hätte gerne ein paar Wodkas draufgelegt, aber die gab es nicht.

Also schritt ich hinaus auf die Terrasse und beobachtete, wie sich ein Gänsedreieck den Weg ans andere Ufer bahnte. Ich verstand solche Leute wie Randa sehr gut, gar nicht erst tschüs sagen, raus aus dem Laden und die Türen zu.

Ich dachte mir, weit hinauszuschwimmen, sobald ich das Zeug im Magen hatte.

Ich fürchtete nur den Geschmack.

In dem Augenblick klingelte es.

Es klingelte dreimal.

Ich setzte die Flasche an den Mund, aber dann hörte ich eine dünne Stimme sagen: »Ich habe auch Durst!«

Ich wendete ungläubig den Kopf und sah meine Tochter auf der Veranda stehen. Sie trat von einem Bein aufs andere, verzog den Mund zu einem bernsteinartigen Lächeln und traute sich nicht, mir um den Hals zu fallen.

Hinter ihr stand Mara und fragte mich, warum ich nicht aufmache.

Ich schüttete das ganze Zeug unter die Holzbohlen.

Mara konnte nicht lange bleiben. Sie wollte gleich weiter an die Ostsee fahren zu diesem Psychodrama-Working.

Als wir durch den Garten zurückgingen, waren Stiefi und Babs verschwunden.

Ich brachte Mara noch zu ihrer Ente. Sie hatte vor der Einfahrt geparkt, weil sie einmal geschworen hatte, nie wieder einen Fuß auf das Grundstück meiner Eltern zu setzen. Daher hatte sie wenigstens die Ente draußen gelassen, als Kompromiß.

Sie sagte mir, daß sie in einigen Tagen zurück sei und daß es ihr leid tue, nicht angerufen zu haben. Wie es mir gehe, wollte sie auch noch wissen, und ich sagte, alles sei ausgezeichnet und bestens.

Charlotte packte neben uns eifrig ihren Koffer aus und wollte sich partout nicht helfen lassen. Sie sah rosig aus, nur die Venen traten etwas stark auf den Schläfen hervor, wie mit Buntstift nachgezeichnet.

Ich war etwas benommen und drückte ihr einen Kuß auf die Schädeldecke, obwohl sie sich das schon im Winter verbeten hatte.

Sie protestierte quietschend und wirkte in allem viel neunjähriger, als sie war. Ihre Haare rochen nach Heu, und als ich mich von ihrer Mutter verabschiedete, sagte ich ihr, sie ähnele immer noch Louise Brooks, denn ich wollte ihr noch etwas Nettes sagen.

Ein wenig alt war sie geworden, ihre Haut glänzte wächsern, und man merkte ihr den Kummer an. Sie sprach, aber trotz der Worte (es waren lebhafte Worte) schien sie mir wie die Batterie einer Taschenlampe, die keiner mehr benutzt.

Sie spitzte zum Abschied den Mund und warf einen Kuß. Fast wie früher. Da hättest du leuchten sollen, Taschenlampe, aber es wurde nie richtig dunkel. Oder niemand fand den Knopf. Mara war das schönste Mädchen der ganzen Schule gewesen. Nun war ihr Leben, das so aufregend und wundervoll verlaufen sollte, einfach eine Abfolge leerer Pausenhöfe.

Sie schlug mir pfadfinderlich mit der Hand auf die Bauchdecke und stieg ein in die Ente.

Sie konnte immer noch keinen Motor starten.

Er jaulte gequält auf, und ich sog langsam die Luft durch die Nasenlöcher, bis der Wagen um die nächste Ecke bog.

Im Tantenhaus packte ich mit Charlotte die restlichen Sachen aus.

Mir fiel ein großer Kasten ins Auge, der von einem Tuch verhüllt war.

»Was ist das denn?« fragte ich, nachdem ich das Tuch gelüftet hatte.

»Das sind meine weißen Mäuse. Sie heißen Karl und Fred!« sagte sie.

»Ich will hier keine Mäuse haben!« sagte ich.

»Die habe ich von der Mami zum Geburtstag gekriegt. Und den Käfig hat Stefan gekauft. Stefan ist jetzt in Ägypten.«

»Ich weiß.«

»Ich finde sie total süß.«

»Von Mäusen kriegt man Krebs«, sagte ich.

»Stimmt gar nicht!« schmollte sie. »Außerdem hast du schon Krebs!«

Ich ärgerte mich, daß das schöne Gift weg war.

Sie zeigte mir ihr Zeugnis. Sie hatte überall Einser und Zweier. Für jede Eins mußte ich fünf Euro rausrücken, für jede Zwei drei Euro. Da kam ganz schön was zusammen.

Unter »Bemerkungen« stand: »Charlotte spielt sich zu sehr in den Vordergrund und sollte öfter versuchen, auch soziales Verhalten zu zeigen.«

Dann machte ich ihr Spaghetti Carbonara.

Ich setzte Wasser auf, und als es richtig schön sprudelte und die Nudeln schon al dente waren, fand Charlotte im Brotfach zwei Tafeln Ritter Sport und aß sie innerhalb von drei Minuten auf.

Danach hatte sie keinen so großen Appetit auf Spaghetti mehr.

Statt dessen gab sie den größten Teil ihrer Portion Karl und Fred, die sich damit ein Nest bauten.

»Schau mal, Karl und Fred bauen sich ein Nest!« sagte sie.

»Ja«, sagte ich. »Das finde ich nicht so gut. Mit Essenssachen spielt man nicht herum.«

»Ich weiß«, erwiderte sie überlegen. »Es wird viel zuviel Essen verschwendet auf der Welt. Und in Äthiopien verhungern die Babys. Das hat mir die Mami erklärt. Ich bin jetzt auch bei den Greenpeacezwergen.«

»Iß!«

»Magst du Wale?«

»Nein.«

»Wir bei den Greenpeacezwergen mögen Wale. Die werden unheimlich verfolgt. Außer Schweinswale. Da gibt's noch jede Menge. Die sind aber auch nur drei Meter lang und geben nicht so viel Lebertran.«

»Gut, daß du geklingelt hast«, sagte ich.

»Ich finde es komisch, daß du keine Wale magst. Also wirklich! Du magst keine Wale, du magst keine Mäuse! Was magst du denn?«

Ich mag nur Tiere, die man essen kann, und das sagte ich ihr auch.

Nach den Spaghetti nahm ich ein bißchen neue Medizin und wollte Charlotte für eine Stunde ins Bett jagen.

»Manno! Kann ich mir wenigstens ein Micky Maus mitnehmen?«

»Klar.«

Sie schlurfte unwillig hinüber, grabschte sich »Donald allein an Bord« und schlüpfte in Mamas Bett.

Dann legte sie sich auf den Bauch und las. Nach einer Weile lasen ihre Lippen lautlos mit. Ihre Füße nickten dabei in langsamem Rhythmus wie Pleuelstangen auf und nieder, und irgendwann begann ihr großer rechter Zeh, dem linken Fuß das Söckchen herabzuringeln, bis es mit gebrochenem Herzen in eine Ecke fiel.

Ich wusch das Geschirr ab und schaute auf die Uhr. Es war schon später Nachmittag. Durch das Fenster sah ich Käthe über den Rasen herantaumeln.

Sie war betrunken. Klar, niemand hatte sie beaufsichtigt in der Zeit, in der ich beim Arzt war. Wo immer sie sich befunden haben mochte, es hatte dort jede Menge Moët et Chandon gegeben. Sie fegte an mir vorbei.

»Böcklchen!« brüllte sie. Ich sagte ihr, sie solle leise sein, aber sie schrie nur noch lauter: »Böcklchen, jetzt hab ich dich!« In der Hand hatte sie einen von Papas Bierkrügen, mit eher schlichtem Zinnhäubchen, grau, schmucklos und voller Schnaps.

Sie bot mir was von dem Schnaps an.

»Nein, danke. Reiß dich zusammen. Da ist jemand.«

»Böcklchen!«

»Du wirst nie wieder was trinken, hörst du? Nie wieder! Das ist sehr gefährlich, hat der Arzt gesagt!«

Ich nahm ihr den Krug weg und wollte ihr die Medikamente zeigen, die mir der Professor für sie gegeben hatte.

»Wer ist das, Papi?«

Charlotte lehnte hinter mir, ihre Haare versonnen zwirbelnd, und blickte meine Mutter fasziniert an. Käthe wischte sich über die Augen.

»Böcklchen«, flüsterte sie, eingeschüchtert durch das Kind.

Ich stellte den Krug in die Spüle.

»Das ist deine Oma, Charlotte!«

»Ich dachte, Stiefi ist meine Oma?«

»Die auch.«

»Dann hab ich ja drei Omas, cool!«

Käthe schien plötzlich ganz schwach. Ich brachte sie hinüber in ihr Zimmer.

»Hör mal, Charlotte. Du kannst da nicht mit. Oma ist krank. Das geht einfach nicht!«

»Aber ich kann ihr doch was vorspielen. Dann geht's ihr

besser. Ich kann doch jetzt den Flohwalzer. Hab ich das nicht geschrieben?«

Sie hüpfte zum Klavier und spielte den Flohwalzer, eine halbe Stunde lang. Danach war ich so zermürbt, daß ich fast geschrien hätte, und Mama, die auf ihrem Bett lag, murmelte ihr stoisches »Böcklchen« vor sich hin.

Erst als ich den Krug drüben in der Spüle unter den Wasserhahn hielt, sah ich, was sie meinte. Fein eingraviert auf der Zinnhaube standen die Worte: »Böcklchen i/l Gebhard, Göttingen 15.02.1965.«

— 20 —

Ansgar bereiteten die Verlobungsvorbereitungen sichtlich Vergnügen. Offenbar mochte er Verlobungen, genau wie Papa.

Papa sprach von nichts anderem, war begeistert von der Braut (»Hast du gesehen, wie Babs das Fischmesser gehalten hat? So hält das nur eine gute Schule!«) und fand auch die Königsberger Eltern satisfaktionsfähig.

»Eigentlich heiratet man ja keine Frau«, meinte er, »man heiratet Eltern.«

Leider konnte Charlotte mit dem Fischmesser nicht ganz so perfekt umgehen wie ein Kind wirklich guter Eltern, und als ich lachte, schaute mich Papa streng an.

»Wann erfahren wir denn endlich das Ergebnis der Knochenmarkanalyse?«

»Ich vergaß.«

»Was?«

»Ich weiß es ja schon!«

»Und?«

»Nicht so doll.«

»Ach«, sagte Papa.

»Wie schade«, sagte Stiefi.

Dann fragte sie mich, ob ich noch etwas von der Forelle haben möchte.

151

Ich wandte mich an Gebhard.

»Kennst du eine Renate Böckl, Papa?«

Nichts in seinem Gesicht zuckte. Er blickte mich mit abnehmender Strenge an, während seine Zähne nachdenklich ein Forellenbäckchen zermalmten. Schließlich umschleierte das vergebliche Erinnern seine Züge, und er verneinte betrübt. Nein, eine Renate Wie-auch-immer kenne er nicht. Später stand er vor einem Kinderfoto von mir und weinte.

Mama gaben sie noch zwei Tage im Tantenhaus. Dann müsse sie aber wirklich gehen. Ihre Mission war erledigt. Kein Land, Mutter. Sie konnte sich davonmachen, zurück in das Nichts, aus dem sie kam.

Ich nahm ihr das Versprechen ab, nie wieder Alkohol anzurühren.

Ich teilte ihr mit, was Professor Freundlieb gesagt hatte.

Sie schwor. Sie lehnte an der Birke vor der Veranda, warf einen Schatten auf den Rasen und schwor. Und nach dem Schwören grub sie Schleim aus ihrer Kehle und rotzte wie zur Bekräftigung in ihren Schatten. Dabei machte sie ein feierliches Gesicht, wischte den nachfließenden Schleim gedankenverloren an ihrem Ärmel ab, den sie neben anderen Ärmeln und was so dazugehört von mir hatte, die einzige Folge eines für sie folgenlosen Exils.

Ich nähte ihr noch zwei Kleider aus flaschengrüner beziehungsweise apricotgewirkter Baumwolle, in denen sie die baldigen Tage auf dem Sozialamt in Würde verbringen könnte. Sie war ruhig und gefaßt.

Sie bat mich nur, nach dieser ominösen Frau Böckl zu suchen, und da ich zum Abschied nett sein wollte, tat ich ihr endlich den Gefallen.

Auf Ansgars Computer peste ich durchs Internet. Ich checkte Einwohnerkram, Telekomnetz, Suchwortlinks, die Berufsvereinigung Selbständiger Kosmetikerinnen (fast alle Kosmetikerinnen hießen mit Vornamen Renate), und ich schaffte es sogar, mir eine Liste sämtlicher 1964/1965 im Regierungsbezirk Göttingen/Braunschweig tätig gewesener Anwaltsaffen zu besorgen.

Dennoch fand ich keine Renate Böckl, auch keine Renate Böckell, Renate Pöckl oder Renate Böckelchen.

Wahrscheinlich hatte sie geheiratet.

Man müßte eine Detektei beauftragen, fand Käthe.

Ich wandte mich damit an Ansgar.

»Du spinnst«, sagte er nur.

Zwar hatte er recht, dennoch verstimmte mich irgendwas. Es war dieses merkwürdige Herrschaftswissen um seine Wunde, deren Ort ich nicht kannte. Ich hätte es gerne vergessen, aber das ging nicht. Es war nicht Neugier, die mich trieb, oder Sorge, sondern wahnsinnige Überlegenheit. Genau das war das Gefühl. Ich fand es widerlich. Aber so widerlich auch nicht, daß er einfach »Du spinnst« zu mir sagen konnte.

»Das haben Mamas kranke Synapsen ausgeschwitzt! Kannst du dir vorstellen, daß Papa ein außereheliches Kind hat?« fuhr er mich an.

»Ich kann mir eine Menge vorstellen!« sagte ich.

Ansgar wetzte vor mir durch das-Büro-hier wie die Maus, der ich nachts nachstellte.

»Das hätte er doch längst gesagt. Dann hätte es einen Bluttest gegeben. Da ist Papa doch der erste, der das veranlaßt.«

»Vielleicht ist es ihm peinlich.«

»Peinlich? Er hat sogar Mama hergebracht!«

»Wieso leugnet er dann diese Renate Dingsbums?«

»Es gibt keine Renate Dingsbums!«

»Und was ist das hier?«

Ich packte wütend aus, was ich ihm zeigen wollte, empört über seinen Widerstand.

»Das ist ein Zinnbecher«, sagte er.

»Ach ja?« fragte ich und zeigte auf den Deckel mit der Gravur.

»Was soll es denn sonst sein außer einem verschissenen Zinnbecher?«

»Das ist ein Memento!« rief ich. »Das ist ein Schlüssel hinter die Wirklichkeit! Die Wirklichkeit ist nur ein Ausschnitt! Wir unterliegen alle einer semantischen ...!«

»Mann, Jesko«, zischte mein Bruder, »du spinnst wirklich!«

Mama schlug vor, Papas Akten zu durchwühlen. Ich dürfe jetzt keine Zeit verlieren. Irgendwo da draußen ruhe der unbekannte Soldat, mein halbes Brüderchen, um mir das Leben zu retten. Sie fiel vor mir auf die Knie, verwandelte sich in die theatralische Italienerin, die sie einmal vor vierzig Jahren in einem längst vergessenen Film gespielt hatte.

Das war mir zuviel. Ein Einbruch in meines Vaters Festung, nein.

Einbruch, Einbruch, sagte Mama, du verstehst nicht, du hast solche Zweifel, die hast du von mir, das ist biologisch, aber hiermit (sie zeigte auf ihr Köpfchen) kann man doch operieren. In den Akten, da steht doch was. Papa kann gar nichts wegwerfen. Renate Böckl, die finden wir. Wenn du nicht mitgehst, gehe ich da rüber. Das schwör ich dir. Ich zünde ihm seine scheiß Akten an, falls ich nichts finde. Ich brenne ihm das Haus ab. Ich kann das.

Seufzend gab ich nach, um Schlimmeres zu verhindern.

Wir brachten Charlotte ins Bett.

Sie wollte nicht schlafen.

Da fiel Käthes schwerer Körper wie aus der Schrottpresse auf das Bett nieder, im rechten Winkel zu Charlotte. Sie begann zu singen, krächzend nur und ohne Melodie, aber ich erkannte ein altes, plattdeutsches Lied, den Schatten eines Liedes, ein Lied, das sie früher oft gesungen hatte, im Bad, über die Schafe meiner Urgroßeltern.

Und selbst Charlotte schwieg, eher erschrocken als beeindruckt, und zog sich die Decke näher an die Nase, und wir konnten dann gehen.

Wir warteten bis Mitternacht. War mir das alles unangenehm.

Der pumpende Vollmond.

Der niemals gleiche Glanz des Sees.

Die unleugbaren Gitter im Erdgeschoß.

Wir kamen durch die Seitentür der Villa, denn ich hatte einen Schlüssel, und die Alarmanlage schlug nicht an. Wir erklommen den ersten Stock. Gebhards Arbeitszimmer lag zum See raus. Es war nicht abgeschlossen. Unser Atmen klang fremd zwischen den toten Akten.

Ich wollte umkehren, aber Mama knipste die Taschenlampe an. Die hatte sie von Charlotte. Charlotte hatte sie von mir. Das nächste Mal schenke ich ihr wieder ein Monchichi zum Geburtstag.

Mama öffnete den Glasschrank. Die Scharniere quietschten. Der Strahl der Taschenlampe fiel auf kleine Schildchen. Sie steckten in fünf übereinandergestapelten Pappkisten. Die unterste Kiste trug ein Schildchen mit der Aufschrift »Reminiszenzen«. Mich reizte das Wort, das vornehm und schlaumeierisch klang. Da ich sowieso nicht wußte, was ich hier zu suchen hatte, zog ich die Kiste hervor und setzte mich damit ins Mondlicht. Als ich den Deckel öffnete, schlug mir der muffige Geruch feuchter Keller entgegen.

156

Mama begann zielstrebig, die Aktenordner in den offenen Regale zu durchstöbern.

In der Kiste fand ich alte Papiere, Urkunden aus Riga oder Dorpat, die meisten auf russisch, zaristische Orden, ein Fotoalbum. Die eingeklebten Fotos schimmerten blaß in der Dunkelheit. Sie schienen beschmutzt, harzig, der Karton fühlte sich mürbe an, die Seiten ließen sich schwer blättern, hafteten aneinander. Ich wunderte mich. Die durch Flucht und Vertreibung geretteten Familienalben standen alle in der Bibliothek. Ein Stockwerk tiefer. Nur dieser Band befand sich hier. Warum?

Bevor ich die Fotos näher betrachten konnte, fiel mir etwas noch Rätselhafteres auf. Am Boden der Kiste lag ein einziger größerer Gegenstand. Ich fischte ihn hervor und hielt ihn erst für einen Briefbeschwerer, dann für eine Weihnachtskugel. Denn der Gegenstand war durchsichtig, und als ich ihn näher ans Fenster hielt, erkannte ich undeutlich, daß es sich um ein halbrundes, einseitig abgeflachtes Stück Kunstharz handelte, das den abgeschnittenen Kopf einer Eidechse umschloß, der mich anzugrinsen schien.

Dies unter all den Dokumenten zu finden, verwirrte mich. Für einen Moment vergaß ich Käthe, und es war genau jener Moment, in dem sie Papas alten Sekretär mit einer Schere aufbrach (Empire, Buche mit Intarsien).

Der Lärm war verheerend, aber niemand hörte uns.

Mama fand Papas alte Liebesbriefe. Bei jedem Brief stöhnte sie.

»Drecksau! Du dreckige Drecksau!«

Ich ließ die Kiste sinken, wollte Käthe wegbringen, nur raus hier, aber sie wurde wieder zur Kriegerin. Zerriß die

Briefe. Ein Konfettisilber kratzte mir ins Auge. Die ganze Sache entglitt, Himmel, worauf hatte ich mich da eingelassen.

Gerade als ich mich dazu entschied, meine Mutter aus dem Fenster zu werfen (es war nur der erste Stock, und unten war eine große weiche Holunderhecke), wurde sie still. Sie wurde still. So richtig. Ich ging zu ihr, und sie drückte mir ein paar Papiere in die Hand.

Ich nahm die Taschenlampe und las.

Ich las so, daß ich weder hörte, wie Mama neben mir weinte, noch wie Ansgar hereinkam.

»Was macht ihr hier?«

Er stand in seinem Sonne-Mond-und-Sterne-Pyjama in der Tür, mit verklebten Augen und einer Frisur, die Mama nicht sehr gefallen konnte.

Ich sagte ihm, was wir hier machten.

Er reagierte nicht groß, und plötzlich ging das Licht an. Mein Vater war da, in schönem Mogulmorgenmantel, und er bestritt alles.

»Aber hier steht es, Papa! Diese Renate schreibt dir ... soll ich's vorlesen?«

»Das ist barer Unsinn! Das hat die sich eingebildet. Ich habe kein Kind mit ihr! So ein Quatsch!«

»Und die ganzen Überweisungen hier? Alles Barüberweisungen. Jedes Jahr zwölftausend Mark! Bis 1994! Insgesamt fast eine halbe Million an eine alte Flamme? Wofür, Papa?«

»Das geht dich nichts an! Wie kannst du es überhaupt wagen? Wie kannst du es wagen, hier einzudringen? Du tust mir weh, Jesko!«

»Ich bitte dich, sag mir die Wahrheit!«

»Du dringst nachts in mein Haus ein, beschädigst mein Arbeitszimmer, zerreißt Briefe, spionierst mir nach, machst mir schwere Vorwürfe! Was ist in dich gefahren?«

»Die Wahrheit, du altes Dreckschwein!« schrie Mama. Sie war auf den Boden gesunken und schluchzte hemmungslos.

»Diesem bösen Weib glaubst du, Jesko? Weißt du nicht mehr, was sie dir angetan hat? Was sie uns allen angetan hat? Kennst du nicht die Narben deines Bruders? Diese Verlogenheit, diese Irre, dieses Stück Vieh, das sich nicht mal auf den eigenen Füßen halten kann?

»Hör auf, Papa!«

»Habe ich nicht alles für dich getan? Die beste Ausbildung, die größte Unterstützung, die man sich denken kann? Ist es meine Schuld, daß du es zu nichts gebracht hast?«

»Die Wahrheit!«

»Ja, das ist einfach, sich da hinstellen und ›Die Wahrheit‹ brüllen. Aber die Wahrheit ist nicht immer einfach. Ich werde mich nicht vor dir rechtfertigen, Sohn! Das wirst du nicht erleben!«

»Dann finde ich es selbst heraus!«

»Das wirst du nicht tun! Das läßt du bleiben! Ich lasse das nicht zu.«

»Raumschiff an Erde! Raumschiff an Erde! Gott läßt es nicht zu!«

»Zieh jetzt keine Schau ab, Jesko!«

»Oh, ich ziehe eine Schau ab? Das ist Party, Papa, wir feiern ein neues Brüderchen!«

Ich schmiß ihm die Bankauszüge vor die Füße.

»Das ist der Beweis!«

Mein Vater stutzte. Er sah an mir vorbei, und als ich seinem Blick folgte, erkannte ich, daß er das Fotoalbum entdeckt hatte. Es lag aufgeschlagen am Boden, im hellen Furor der Deckenlampe, und ich wußte plötzlich, warum es nicht unten im Erdgeschoß stand. Dort konnte es gar nicht stehen. Denn es umschloß ein dicker Mantel aus altem Blut, und in unserer Bibliothek macht sich das nicht so gut, ein blutgetränktes Familienalbum.

Papa wurde starr. Er sagte mit einer Stimme, die fast sanft klang: »Du wirst mein Haus nicht mehr betreten! Ich will dich hier nicht mehr sehen! Ist das klar?«

Er ging hinüber, bückte sich, griff das Album und schlug es zu. Dann bückte er sich erneut und hob den Eidechsenkopf auf.

»Und jetzt verschwinde hier, und nimm deine Mutter mit, oder das, was von ihr noch übrig ist!«

»Du benimmst dich unmöglich, Jesko«, sagte Ansgar.

Ich blickte ihn an.

»Ach ja? Ist dir klar, daß ich gerade erfahren hab, daß Gott mich lieber krepieren läßt, als einzugestehen, daß er mal links gefickt hat?«

»So redest du nicht über Papa!«

»Ha, links gefickt, genau!« jaulte meine Mutter.

»Schmeiß ihn raus, Ansgar!«

»Wissen Sie, lieber Gott«, spie ich zu meinem Vater, »wenn Sie so weitermachen, kommen Sie noch in die Bildzeitung!«

»Ich hab gesagt, du sollst nicht so reden!« rief Ansgar.

»Bruderherz, du hast es gewußt, stimmt's? Was hat Gott

dir denn dafür geboten, daß du die Schnauze hältst? Kleine Limousine? Messingschildchen am Büro? Da wirst du ja eine Menge Selbsthilfegruppen nötig haben, bevor du das wieder los wirst!«

»Du gehst jetzt besser!«

Ansgar packte mich am Arm. Ich riß mich los, stürmte auf meinen Vater zu, auf das Weiße in seinen Augen, über das sich die Lider schlossen, als er zu hicksen begann.

»Weißt du, Gott«, schrie ich ihn an, »daß Ansgar eine totale Meise hat? Psycho ist völlig durch den Wind! Freßkotzsüchtig! Drogensüchtig! Irgend so ne Scheiße!«

»Jesko!« hechelte Ansgar und kam mir nach.

»Und seine Frauen, die ficken sich die Seele aus dem Leib! Nur am Ficken, die ganze Zeit! Ficken, ficken, ficken ...«

Mein Bruder schlug mir in den Magen. Irgend jemand schrie, und vor mir drehte sich alles. Mein Kinn explodierte, ich wurde hochgerissen, sah, wie Mama mit ein paar Briefen in der Hand aus dem Fenster sprang, hörte den Aufschlag im Holunderbusch, aus dem ein paar Vögel stoben. Dann versiegelten mir neue Schläge das Auge, und mir wurde plötzlich bewußt, durch all den Lärm hindurch, was mit meinem Bruder los war.

— 22 —

Das Internat, das wir beide besuchten, lag am Kocher, einem kleinen, gedankenverlorenen Flüsschen mit hübschen Seitenarmen, wo die Neuen im September immer getunkt wurden.

Danach war man dann Mitglied im Club der Mickrigen und Gehemmten, etwa ein Jahr lang, bis man schließlich geil oder pervers wurde. So lauteten die offiziellen Bezeichnungen für Jungs, die es geschafft hatten. Geil war man, wenn man als guter Kumpel galt, auf den man sich verlassen konnte. Perverse waren in höherem Maße gefürchtet, machten Lehrer fertig, saßen meistens in der letzten Bank und hatten mit Frauen was am Laufen.

Schalke zum Beispiel war ein typischer Perverser. Er hatte der kleinen Derjahn ihren BH geklaut, einer zarten Externen, die ich ganz zauberhaft fand. Er sagte, sie könne sich im Bett gut bewegen, aber sie habe Haare auf der Brust, direkt neben dem Nippel, und das sei echt ekelhaft.

Alle bewunderten Schalke, und manchmal, wenn man in seiner Mannschaft spielte und ein Tor schoß oder einen Gegner umhaute, ließ er einen mit großem Tamtam an Derjahns BH riechen, das heißt, er preßte dir das Körbchen wie eine Sauerstoffmaske auf die Schnauze, das war ein Ritterschlag.

162

Ich hatte bei ihm verschissen, als ich das Körbchen einmal verweigerte.

In jener Woche machte ich mit der kleinen Derjahn gerade Milchdienst, und während wir die Pausenmilch portionierten, erzählte sie mir, daß sie dermaleinst Schauspielerin werden wolle. Da ich sowieso immer eher der hohen Minne zugeneigt war, empfand ich den Unterschied zwischen ihrem zukünftigen Glanz und der durchschwitzten Arschtasche von Schalkes Trainingshose, in der sich dummerweise ihr BH befand, als besonders schmerzend. Ich lehnte den Biß in ihre Unterwäsche ab. Nicht zuletzt deshalb gehörte ich innerhalb der Internatshierarchie eher zur Gruppe der Schwulis.

Hätte Ansgar mich nicht beschützt, wäre ich sogar bis auf den Bodensatz der Ärsche gesunken, das war das Unerfreulichste, was einem passieren konnte, ein Arsch zu sein. Da ich eine Klasse übersprungen hatte, war ich der Jüngste und der Beste in der Zehnten, und Ansgar war der Schlechteste und der Älteste, denn er war sitzengeblieben. Damals konnte von seinen Summa-cum-laude-Zertifikaten keine Rede sein, nicht ein Hauch davon war zu spüren. Nur in Sport hatte er eine Eins, ansonsten war es die Hölle, und ich machte meistens die Hausaufgaben für ihn mit.

Wenn Schalke oder die anderen Idioten mir zu nahe kamen, gesellte er sich unauffällig zu mir, und die Sache war bereinigt. Vor ihm hatten sie Respekt. Er war weder geil noch pervers. Er war ein Außenseiter wie ich, aber stärker und selbstbewußter, und vor allem schwieg er gerne. Man konnte ihn nicht einordnen, und er ließ sich nie etwas gefallen. Es kam häufig vor, daß wir verarscht wurden, weil wir als steinreiche Schnösel galten.

Dann hatte er diese wunderbare Gabe, im richtigen Augenblick die Selbstbeherrschung zu verlieren. Ich betete ihn an, wie er mit klarem Kopf böse wurde oder auch nur so tun konnte, als sei er es, um eine bestimmte Wirkung zu erzielen. Ich hatte nie die Gabe, mich zu verstellen.

Selbst Schalke, der ein Schrank war und meinen Bruder um einen halben Kopf überragte, ließ ihn meistens in Ruhe, weil er dessen Ausbrüche fürchtete.

Eines Tages, als wir in der Dusche standen, sagte mir Ansgar, daß ich mir den Schwanz nicht richtig waschen würde. Er zeigte, wie es bei ihm ging, und ich versuchte es nachzumachen, aber vergeblich. Er bückte sich und fingerte trotz meines Protests an mir herum, aber es gelang ihm auch nicht besser.

Ich war damals vierzehn Jahre alt, sehr zartbesaitet und reagierte entsprechend gereizt, als auch die Ärzte behaupteten, meine Vorhaut sei zu eng. Phimose im latenten Stadium. Das führte schließlich dazu, daß ich mich zu meiner Beschneidung ins Spital überstellen lassen mußte.

Als ich nach der Operation wieder zu mir kam, segelte eine weiße Wolke aus Ärztekitteln davon, einen Mann zurücklassend, der mein Vater war. Soweit ich mich erinnern kann, sagte er: »Ja nu, ist ja nur ein Häutchen!«

Das war als Aufmunterung gemeint.

Dann klopfte er die Zementwände kenntnisreich ab und hoffte, daß ich schnell wieder zur Schule gehen könne.

Eine grauenhafte Krankenschwester mußte mir morgens,

mittags und abends mein blutverkrustetes Glied einsalben, da man mir die Hände ans Bett gefesselt hatte, aus Angst, ich könnte sie benutzen. Ich wand mich vor Ekel und Scham, aber ihr schien die Angelegenheit nichts auszumachen.

Viel zu früh wurde ich entlassen, zu früh für ein Internatsleben, zu früh für einen Schwuli, soviel ist schon mal klar.

Ich wußte bereits, als ich mit steifem Gang in das Gemeinschaftsbad tippelte, daß es kein gemütliches Waschen werden würde.

Schalke warf mit einem Finnenmesser auf die Holzwand, zwei Perverse standen geiernd daneben, frisch geduscht.

Madness jaulte aus einem Kassettendeck.

Erst beachteten sie mich nicht, aber als ich wieder gehen wollte, öffnete sich mein Bademantel.

»He Schalke, die Schwuchtel hat kein' Schwanz!«

»Zeig mal, ob du'n Schwanz hast, Jesko!«

Ich machte meinen Bademantel wieder zu.

»Äi, ist das hart, Mann, ohne Schwanz die Braut!«

»Stimmt das, Jesko? Stimmt das, was dieser junge Mann uns zu sagen versucht?«

»Ihm hat's die Sprache verschlagen.«

»Gucken wir eben selbst.«

»Nein«, sagte ich, und das war ein Fehler.

Einer hielt mich von hinten fest, der andere öffnete meinen Bademantel. Schalke betrachtete amüsiert die frische Wunde.

»Aber da ist ja noch einer!«

»Lebt das?«

Schalke tatschte mit seinem Messer auf dem Grind herum. Es tat weh.

Die Tür flog auf. Ansgar kam herein, sah, was passierte, schloß die Tür und drückte auf den Kassettenrekorder.

Stille.

Ein Hahn tropfte.

Es würde ernst werden.

Das wußte auch Schalke. Er richtete sich auf.

»Mach mal halblang. Wir machen nur Spaß.«

Ansgar ging auf ihn zu. Ich staunte, wie blaß er war, studierte diese tödliche Blässe, bis sie von Schalke verdeckt wurde, der mir den Rücken zugewandt hatte. Von draußen hörte ich das Lachen von Mädchen. Dann machte Ansgar irgendwas mit seinem Kopf, Schalke sackte jaulend zusammen, das Messer glitt ihm aus der Hand. Die Perversen rührten sich nicht. Mein Bruder trat ein paarmal in Schalkes Gesicht, es klang nach Fallschirmen, die sich knapp über dem Erdboden öffnen. Dann erst schrie er, schrie und bückte sich, hob schreiend das Messer auf und hockte sich damit hinter Schalke. Er setzte schreiend vier schnelle Schnitte in Schalkes Schädel, dann zog er mit aller Kraft an den Haaren und skalpierte ihn mit einem Ruck, und erst dann wurde er still.

Komisch war, daß es gar nicht blutete, jedenfalls am Anfang. Da war eine weiße, knöcherne Stelle an Schalkes Hinterkopf, von der Form und Größe eines kleinen Portemonnaies, und Schalke ließ die Hände sinken und guckte ganz überrascht, als sein Haarbüschel ins Waschbecken flog.

Sogar Papa hatte Mühe, die Sache einigermaßen glattzu-
bügeln.

»Ja nu, ist ja nur ein Häutchen!« konnte er schlecht sagen.

Er kümmerte sich um das Juristische und Medizinische,
spendete einen größeren Geldbetrag, konnte aber nicht verhindern, daß Ansgar flog. Wir verließen beide die Schule
und gingen von da an auf verschiedene Gymnasien.

Ein Psychologe hatte festgestellt, daß wir zu stark aufein-
ander fixiert waren.

Obwohl Ansgar auch später noch in Prügeleien geriet, war
mir nie so klar geworden wie im Internat, was für eine
Freude es ihm bereitete. Als er dem Jungen in den Kopf
schnitt, hatte er einen Blick wie zu Weihnachten. Etwas
Gelöstes, Befreites war unter dem Zorn zu spüren, teilte
sich mir mit auf den zerebralen Wegen, von denen das Leben voll ist.

Als mein Bruder auf mich eindrosch, spürte ich auf densel-
ben Wegen Glück und Entsetzen in ihm, Glut und Tränen
und eine sich geißelnde Niedertracht.

»Ich bin Ansgar, und ich bin süchtig danach, anderen Ge-
walt anzutun. Ich sehne mich nach der reinen Qual, nach
den Momenten des Schmerzes, der Pein, des Untergangs,
die ich bereiten kann. Ich bin Ansgar. Bitte helfen Sie mir.«

Nein, das hatte ich nicht gewußt.

— 23 —

Charlotte dachte, ich sei einer aus ihren Träumen. Aber ich war es wirklich.

»Papi, was ist los?«

»Steh auf, wir fahren!«

»Du siehst ja wie ein Zombie aus!«

Ich schnappte sie mir. Wir eilten über den taunassen Rasen. Meine zerplatzte Lippe fühlte ich kaum. Ich stellte mich noch mal an einen Baum, mußte mich aber nicht mehr übergeben.

Wir erreichten Stiefis Mercedes. Leichtsinnigerweise stand er vor der Chinesentür statt in der kuschligen Garage. Ich hatte den Schlüssel in der Hand, schloß auf, Charlotte fiel ein, daß sie Karl und Fred vergessen hatte. Ich sagte kein Wort, haute die Kindersicherung rein, und sperrte sie in den Wagen. Meine Mutter war weg, verschluckt vom Holunderstrauch, spurlos in die Nacht gespuckt, eine kühle, körnige, weiße Nacht.

Mein Vater hastete mit fliegenden Schößen aus dem Portal. Er hatte eine Flinte in der Hand. Da stand er dann mit seiner dämlichen Flinte, stur wie ein Bankrott, und ein Windstoß fuhr ihm durch sein schütteres Haar, während er unseren roten Lichtern nachblickte.

Auf der Landstraße fragte Charlotte weinerlich, wo wir

hinfahren wollten. Ich entgegnete, darüber müßten wir nachdenken. Charlotte meinte, eine Frau namens Simone habe auf dem Handy angerufen. Wann? Vor zwanzig Minuten. Ich blickte auf die Uhr im Armaturenbrett. Es war halb zwei.

»Charlotte! Ich habe dir gesagt, du sollst nicht an mein Handy gehen!«

Ich parkte neben einer Telefonzelle.

Ihre Stimme klang fern. Belegt. Ob ich kommen könne, fragte ich. Es gebe ein Problem.

Bei mir auch, sagte sie.

Ich mache unglaubliche Anstrengungen, diese Nacht objektiv, klar, mit vielen Einzelheiten zu umkreisen. Aber diesen einen Satz, das Entsetzliche und Verzweifelte dieses einen Satzes hervorzuheben, dieses verbissene, traurige »Bei mir auch«, das sich in mein Ohr drehte, will mir nicht gelingen. Vielleicht sollte ich einfach nur sagen, daß sie nach diesem Satz den Atem anhielt. Ich bin sicher, daß ich keinen Atem mehr hörte, und als ich sagte, hallo, Zitrone, weil ich fürchtete, die Leitung könne tot sein, legte sie einfach nur auf.

Um halb drei hielten wir vor dem Backsteinhäuschen. Charlotte fand es super. Hexy unheimlich. Die Fenster waren dunkel. An der Tür, neben den Sinnsprüchen, ein Zettel mit der Aufschrift »Bin im Schuppen«.

Wir gingen um das Haus herum, Fortsetzung der Wildnis, es roch nach Salbei. Auf der Rückseite ein etwas größerer, düsterer Garten. Eine Teppichklopfstange, zwei blattlose Bäume, ob die aus Holz waren? Am anderen Ende ein alter

Schuppen, nicht größer als ein Kiosk, wie aus alten Obstkisten zusammengenagelt.

Ich setzte Charlotte auf die kleine Steintreppe, sie machte eine Schnute. Ich überwand die zehn Meter zum Schuppen, ohne mich umzudrehen. Das hilft meistens.

Eine angelehnte Tür.

Ich strich hinein.

Der Vollmond leuchtete durch ein großes Loch in der Dachpappe. In dem Lichtstreifen silberner, verwunschener Schrott. Ein alter Kühlschrank mit einem »Atomkraft nein danke«-Aufkleber. Ein Sammelsurium von Sperrmüll. Dann hörte ich die Mäuse. Sie waren über mir. Sie wohnten in den Matratzen, die man auf die Querbalken der Dachkonstruktion gehievt hatte.

Ich äugte um die Säule eines Boilers herum, da stand eine ausgebaute VW-Rückbank. Das Mondlicht fiel auf eine zerknüllte Karodecke am Boden. Auf der Decke stand das staubig flimmernde Paar vergammelter Sportschuhe. In den Schuhen waren schwarze Socken, und über den Socken Cordhosen mit Beinen drin. Dann endete der Mond auf Kniehöhe.

»Papi?«

»Ja, mein Schatz?«

»Bist du hingefallen?«

»Nicht so schlimm, Mäuschen.«

»Kann ich auch reinkommen?«

»Oh nein. Auf keinen Fall. Bleib nur da draußen!«

Ich versuchte, meine Augen an die Dunkelheit zu gewöhnen. Mein Atem ging rasend schnell. Ich näherte mich der Rückbank, stützte mich auf die Knie.

In dem Zwielicht zeichnete sich eine sitzende Gestalt in dunklem Pullover ab. Der Kopf lag zutraulich auf der linken Schulter. Ein paar Fliegen summten. Von seinem Gesicht war nichts mehr da. Er hatte sich alles weggeschossen. Mir fiel ein, daß ich ihm das geraten hatte. Dann merkte ich, daß ich auf dem Gewehr stand.

Ich schaute zum Mond hinauf, der weiß und rund und unschuldig dort oben an seinem Nagel hing. Er schien so unbesorgt, obwohl er doch wissen mußte, wie es um ihn stand. Wenn wir in naher Zukunft unseren Planeten in die Luft gesprengt haben, wird auch er nicht mehr viel zu lachen haben, sondern wie ein Idiot um ein paar Trümmer kreisen, die wahrscheinlich größtenteils aus Papas Zement bestehen.

»La luna«, sagte ich leise. »La luna.«

»Was hast du gesagt, Papi?«

»Nichts.«

Wir betraten das Backsteinhäuschen durch die Hintertür.

Zitrone stand apathisch in der Küche und hängte im Schein einer Glühbirne langsam eine Unterhose nach der anderen ab, die sie von einem Gestell nahm. Sie türmte alles auf den Tisch.

»Was machst du da?«

Langsam schaute sie auf. Sie stand unter Schock.

»Die Wäsche!«

»Die Wäsche? Wir sollten uns um Schorschie kümmern.«

»Das ist Schorschies Wäsche!«

»Er braucht keine Wäsche mehr!«

Sie nickte.

»Halt mich. Bitte halt mich.«

Ich nahm sie in den Arm. Sie umklammerte mich, ich spürte Schorschies Unterhose in meinem Nacken reiben, sie war noch nicht einmal trocken.

Später, als die Polizei den Tatort sicherte, sagte Zitrone mir, was geschehen war. Es hatte einen kurzen Streit gegeben. Sie wollte ausziehen. Aber das lohnt nicht zu berichten.

Es war schon früh am Morgen, als wir zu dritt in einem Hotel abstiegen.

Wir nahmen ein großes Doppelzimmer und ließen uns von dem vogelköpfigen Nachtportier eine zusätzliche Liege für Charlotte aufstellen.

Sie schlief bereits, und ich zog sie aus und legte sie ins Bett und deckte sie zu.

Dann küßte ich ihre Stirn.

Im Bad, wo ich mir das restliche Blut von meinem Gesicht wusch, hatte ich das deutliche Gefühl, daß ich über einen Punkt unwiderruflich hinausgegangen war.

Ich kehrte zurück ins Hotelzimmer. Zitrone besah sich die geplatzte Lippe. Ich nahm ihr die Brille ab.

Wir legten uns eng ineinander, umschlangen uns trostlos, einer dem anderen ein Halt am Ende dieses Staubsaugerlochs, das die Welt war.

— 24 —

»Habt ihr gestern Sex gehabt?«

»Wieso?«

»Ich hab es nicht mitgekriegt.«

»Nein, Charlotte. Da war nichts.«

»Liebt sie dich nicht?«

»Wahrscheinlich nicht.«

»Weil du dich nie rasierst, Papi!«

Wir hörten auf, als Zitrone zurückkam. Sie hatte sich vom Büffet ein weiches Ei und eine frische Tasse Kaffee geholt. Mir legte sie einen Apfel auf den Teller und Charlotte ein Stück Schokolade.

»Vitamine!« sagte sie vage.

»Was sollen denn in Schokolade für Vitamine sein?«

»Du hast recht.«

Sie nahm Charlotte die Schokolade wieder vom Teller und aß sie selbst. Charlotte war sprachlos. Dann stand sie auf, weil sie am Ende des Speisesaals einen Flügel erspäht hatte. Sie setzte sich an die Tasten und marterte den Saal mit ihrem Flohwalzer.

»Sie ist süß, deine Kleine.«

»Ja.«

»Sehr lebendig.«

»Wie geht es dir? Bist du okay?«

»Ich fand es immer so schön, daß wir nie über uns geredet haben, in den Tagen bei deinen Eltern.«

»Ja.«

»Jetzt würde ich gerne reden.«

»In Ordnung.«

»Ich bin froh, daß du gestern da warst. Daß du im richtigen Augenblick da warst. Auf den richtigen Augenblick kommt es an.«

»Ich bin auch froh.«

»Bin ich dein richtiger Augenblick?«

»Wie meinst du das?«

»Du weißt schon, wie ich das meine. So viel müssen wir auch wieder nicht reden.«

Sie schlürfte ihren Kaffee. Ich biß schweigend in den Apfel. Zu Charlotte hatte sich ein älterer Virtuose gesellt, der ihr eine atemberaubende Etüde von Mozart vorspielte. Sie wies ihn ab und an auf kleine Mängel hin.

Zitrone seufzte.

»Ich würde gerne bei dir bleiben. Die nächsten Wochen. Na ja, schließlich bin ich Krankenschwester…«

»Ich weiß nicht.«

»So darfst du das nicht verstehen«, sagte sie hastig, »ich will mich dir nicht an den Hals schmeißen. So soll es nicht aussehen. Nicht daß du denkst, die andern haben mich vor fünf Tagen sitzenlassen oder sind seit fünf Stunden tot, und jetzt kommst du dran, für fünf Minuten. Ich will nur, ich sorge mich um dich, und ich spüre, du sorgst dich um mich und … ist das nicht schon sehr viel?«

»Ansgar ist dein König.«

Sie schüttelte den Kopf.

»Er war nicht mein König. Ich habe nicht mal das Schloß gesehen.«

Ich nahm noch zwei Bissen von dem Apfel. Mit so einer Lippe sollte man keinen Apfel essen.

Dann ertastete ich ihre Hand. Sie zuckte richtig zusammen, Zitrone, nicht die Hand. Ich glitt mit meinen Fingerpolstern auf die Häute zwischen ihren Fingern. Mehr tat ich nicht.

»Hör mal . . .«, fing ich an.

»Kscht«, unterbrach sie mich. »Nicht reden!«

Wir saßen da wie zwei idiotische Teenager.

Am Abend fuhren wir zurück. Wir mußten Stiefi das Auto zurückbringen, und Charlotte quengelte wegen Karl und Fred.

Wir sahen schon von weitem, daß ein riesiger Trubel herrschte. Die Zufahrt war mit parkenden Luxuslimousinen gesegnet. Fackeln steckten im Rasen, färbten den Nebel gelb, der vom Seeufer aufstieg, Hunderte von Fackeln, in Reih und Glied, es sah aus wie eine Christenverbrennung.

»Ansgars Verlobung!« sagte ich.

Zitrone lachte trocken, fast schon wieder indianisch. Ich hatte völlig vergessen, daß das heute war.

Ich parkte den Wagen unter einer Platane im Dunkeln. Festlich gekleidete Menschen eilten an uns vorbei.

Wir stiegen aus.

Ein älterer Herr kam auf Zitrone zu, kannte sie wohl von früher und gratulierte ihr herzlich. Sie dankte ihm, ohne das Mißverständnis aufzuklären. Dann küßte sie mich in mein zerschlagenes Gesicht, der Herr blieb verdattert zurück.

Es gab tatsächlich eine Einlaßkontrolle, deshalb schlüpften wir durch ein Loch im Zaun.

Schon nach wenigen Schritten umhüllte uns der dichte Nebel. Es tropfte von den Zweigen, die wir streiften. Charlotte wollte ihren Großeltern auf Wiedersehen sagen und entwuselte in das tanzende Gewoge im Garten, noch bevor wir sie halten konnten.

Ich tastete mich mit Zitrone hinüber ins Tantenhaus.

Hier war es stiller. Der See plätscherte schläfrig, aber wir konnten ihn nicht sehen. Wir konnten gar nichts sehen. Als ich die Tür aufschloß, rieselte ein erstes welkes Blatt auf den Rücken meiner Hand, ich spürte es nur.

»Wo ist deine Mutter?«

Ich hatte ihr die Geschichte bloß in den gröbsten Zügen erzählt.

»Ich weiß nicht, ob sie mittlerweile wieder da ist. Sieht nicht so aus.«

Im Tantenhaus zeugte alles noch von dem überstürzten Aufbruch der vorigen Nacht.

Ohne Licht zu machen, raffte ich ein paar Kleider von mir zusammen, die nötigsten Utensilien und Charlottes Koffer. Zwischen alten Handtüchern stieß ich auf den Rock, in dem ich zwei Wochen zuvor angekommen war. Ich klopfte den Staub ab und schlüpfte hinein.

Schließlich verabschiedete ich mich von der Kampfmaus unter der Terrasse, die alle meine Nachstellungen überlebt hatte. Sie bekam ein Stück Geramont und die letzten Scheiben jungen Gouda.

Zitrone nahm den Käfig mit Karl und Fred, und in diesem Aufzug fing uns Stiefi auf dem Rückweg ab.

Wir rochen sie, bevor wir sie sahen. Ihre Frisur hing schwer herab, feucht vom Nebel, der nach ihrem Parfüm schmeckte. Sie hatte einen Lodenmantel umgehängt und war im Begriff zu frösteln.

»Jesko, du solltest nicht hier sein, hier sein. Dein Vater wird böse werden!«

»Bin schon weg. Dein Wagen steht draußen!«

Ich streckte ihr die Schlüssel hin, aber sie nahm sie nicht, winkelte die Arme nur so weit an, daß sich all ihre Fingerspitzen berührten. Zehn Meter neben uns lief eine Gruppe Gäste zum See hinab. Stiefi bemerkte sie gar nicht. Sie empörte sich nicht einmal, als sie Zitrone erkannte. Sie stand nur da in ihrem mit Kummer vollgesogenen Gesicht.

»Sag mir, in welche Tasche soll ich den Schlüssel stecken: links oder rechts?« fragte ich.

Sie klopfte an die rechte Manteltasche, und ich dachte, das sei ihre Antwort. Aber dann griff sie hinein und zog etwas heraus. Ich kniff die Augen zusammen. Es war der Eidechsenkopf.

Sie fragte mich, ob ich eine Minute Zeit hätte.

Es würde Gewitter geben. Ein Wind kam auf und blähte ihren Lodenmantel.

Zitrone warf mir einen Blick zu. Sie schloß aus meinem Profil, daß sie weitergehen könne und ich stehenbleiben würde, und sie sagte noch, daß sie sich auf die Suche nach Charlotte machte. Sie hat ein ganz erstaunliches Nervenkostüm, finde ich, schön sieht sie darin aus, schlafwandlerisch sicher, als käme sie aus Gottes persönlicher Anprobe. Und dann schluckte sie der Nebel.

Stiefi brachte mich in die Garage, die offenstand. Während wir darauf zuliefen, blickte sie sich um wie eine Geisel.

Sie ließ das riesige Garagentor per Voice-demand hinter uns herunter, schaltete das Neonlicht an und atmete mehrmals gleichmäßig ein und aus.

Die Tischtennisplatte stand immer noch in der Hobbyecke, und dort, wo Mama seinerzeit gelegen hatte, war der Holzlack aufgeplatzt.

Wir waren allein.

Unsere Schritte hallten auf dem nackten Zement wider. Zwischen Papas Jaguar und dem schwarzen Porsche klaffte eine Lücke, die der von mir geborgte Mercedes gerissen hatte. Dort stellten wir uns hinein, und Stiefi streifte ihren Lodenmantel ab und knäulte ihn in die Arme.

Sie hätte sich fast auf die Motorhaube der Limousine gesetzt, so traurig und von allen guten Geistern verlassen war sie. Sie schnellte wieder empor, hinterließ aber einen Abdruck auf dem staubbedeckten Autolack, und mitten in diesen Abdruck hinein stellte sie (so als wolle sie damit ein erneutes Niedersetzen verhindern) den Kopf der Eidechse.

»Dein Vater hatte eine schwere Nacht, Jesko!«

»Da war er nicht allein.«

»Ich denke, du solltest es wissen!«

Das Stück Eidechse in dem Staubkreis des Gesäßes meiner Stiefmutter gab mir das Gefühl, daß da noch irgendeine wichtige Offenbarung auf mich wartete, eine Erkenntnis, oder ein Konto, das ich schlicht übersehen hatte. Oder ist dieses Gefühl, etwas übersehen zu haben, einfach immer vorhanden, wenn du abgeschnittene Köpfe betrachtest?

»Hältst du mich für dumm, Jesko?« fragte Stiefi leise, unvermittelt und mit einem Anflug von Resignation.

»Was soll das?« sagte ich.

Sie lehnte sich an die Garagentür, blickte auf ihre Hände, leicht gehöhlte Hände, in die ein Sperling hineingepaßt hätte.

»So ist es doch. Seit wir uns kennen, ist das so. Ich kann machen, was ich will, was ich will. Als dein Vater dir sagte, daß wir zusammen sind, da warst du zwölf, und wir sind spazierengegangen, in der Eifel war das, auf einem Vulkankrater. Und du hast mich gleich gefragt, von wann bis wann ging der Deutsch-Dänische Krieg, und wer hat ihn gewonnen?«

»Bitte hör auf.«

»Ich wußte es natürlich nicht. Ich habe mich nie für Kriege interessiert«, sagte sie.

Und dann sagte sie: »Ich komme aus einer einfachen Familie. Da interessiert man sich nicht für die musischen Dinge.«

Ich schaute sie nur fassungslos an, und sie begriff, daß sie erneut etwas Groteskes gesagt hatte, und eine tiefe und wilde Traurigkeit erfaßte sie. Sie sank vornüber, hielt sich den Magen. Der Mantel rutschte aus ihren Armen und glitt auf den Estrich.

Ich bückte mich, hob den Mantel auf und legte ihn ihr über die Schulter. In solchen Situationen kann ich unheimlich gut mit Mänteln umgehen.

»Vielleicht weiß ich nicht viel«, stieß sie hervor. »Vielleicht hat dein Vater mich nur geheiratet, weil es mit mir so leicht ist. Mit deiner Mutter war es nicht leicht. Deine Mutter war so eine schöne Frau, schöne Frau. Wie sie hereinkam.

Niemand konnte so in ein Zimmer treten, und du wußtest sofort, daß es mit ihr nicht leicht ist. Ich hatte als Sekretärin dafür einen Blick. Ich sehe, wie jemand die Türklinke drückt und weiß alles über ihn. Aber vielleicht ist es nicht genug. Vielleicht weiß ich nicht viel. Nicht viel.«

Sie löste sich von mir und ging zur Limousine zurück. Sie zog aus ihrer Tasche eine Packung Camel. Ihr Finger kitzelte umständlich eine Zigarette hervor.

»Einmal saß ich in Gebhards Vorzimmer. Die Tür wurde aufgerissen. Nicht leicht, dachte ich, das wird nicht leicht. Es war deine Mutter. Hast du Feuer?«

Ich schüttelte den Kopf. Sie steckte die Zigarette ganz vorne zwischen die Lippen und versuchte vergeblich, sie mit einem winzigen Feuerzeug anzuzünden.

»Nein, Frau Solm, Sie können da nicht hinein, sagte ich zu ihr, der Chef ist in einer Besprechung. Und sie ging aber trotzdem, und da war eine Konferenz mit dem Minister, dem Minister, und sie spazierte an allen vorbei auf deinen Vater zu, und mit den Worten »Da hast du's!« gab sie ihm eine Ohrfeige. Als ich hinterherstürzte, sah ich ihn am Boden liegen, mit der Hand so am Ohr...«

Sie zeigte es.

»Und sie ging, sie ging unbehelligt, verließ das Zimmer wieder, schloß die Tür hinter sich und war fort. ›Wer war das?‹ fragte der Minister. Das war Frau Solm, sagte ich. Und heute bin ich selber Frau Solm.«

Sie weinte.

»Du mußt dein Make-up auffrischen,« sagte ich. »So kannst du da nicht raus.«

»Ach, das Make-up.«

Sie hatte die Zigarette endlich an. Sie drehte sich zu dem Eidechsenkopf und pflückte ihn von der Motorhaube. Sie nahm ihn in die sperlingsgroße Hand.

»Dein Vater lag heute nacht in meinem Arm. Vielleicht weiß dein Vater sehr viel, vielleicht ist er klug und gebildet und alles. Aber er liegt in meinem Arm.«

Sie blies den Rauch aus den Nüstern.

»Und er redet ja nicht viel, dein Vater. Er macht alles mit sich selbst aus. Aber heute nacht hat er etwas gesagt.«

Sie drehte das Grinsen in ihren Fingern. Von draußen flogen Stimmfetzen herein. Entfernt hörte man ein Donnergrollen.

»Wenn er wüßte daß ich es dir erzähle ... Er hat es, glaube ich, noch nie jemandem gesagt ...«

»Du mußt es mir nicht sagen, Stiefi!«

»Oh, doch. Es wird dich interessieren. Es hat mit Krieg zu tun.«

Und wieder blies sie Rauch aus ihren großen, länglichen Nasenlöchern.

»Ja, ich glaube, ich muß es dir sagen!«

Ich hatte sie noch nie rauchen sehen.

— 25 —

Am 23. Januar 1945 fand mein Vater eine auf einem Stück
Holz festgefrorene Eidechse.

Das Tier lag neben der Straße nach Posen. Die Eidechse
hatte sich keine Mühe gegeben, ein frostfreies Quartier zu
finden. Sie lag unter ein paar Zweigen im Schnee. Ihr Kopf
war zur Seite geneigt. Ihre zu Eis erstarrten Pupillen blickten auf die Straße, auf der schwankende Russen alte Männer aus dem Flüchtlingstreck zogen, um sie zu erschießen.

Mein Vater war sieben Jahre alt. Ohne Zögern hob er das
Stück Holz mit der Eidechse auf, um es seinem Apa zu zeigen. Alles zeigte er dem Apa, was er fand, und immer
wurde er gelobt.

Erst lief er nur mit den Augen, dann wirklich durch die wei-
nenden Menschen. Er sprang über eine zur Blüte geöffnete
Hand. Hier und da barst etwas, krachte und zerknallte neben ihm. Eine violette Blutlache bildete eine Haut, und in
der Ferne zogen brüllende Rinderherden über den Schnee,
hinter ihnen die schwarzen Punkte der verendeten Tiere.

Dann erkannte er seinen Apa. Der alte Herr von Solm saß
unter einem großen, breitastigen Baum, in der Mitte der
zusammengetriebenen Männer. Den Mantel hatten die
Russen ihm bereits vom Leib gerissen. Er saß nur da und
zitterte.

182

Der Apa hörte die vertraute, helle Stimme und schlug die Augen auf. Mit schwachem Lächeln nahm er den kleinen Jungen auf den Schoß, wie sie es gewohnt waren. Er tätschelte die Knie des Jungen, betrachtete kenntnisreich die Eidechse und fuhr mit seinem steifen Finger an der blaugrünen Schuppenhaut entlang.

Dann erklärte er, daß die Körpertemperatur der gewöhnlichen Eidechse bis auf Minus drei Grad Celsius absinken könne, ohne daß die Körperflüssigkeit einfriere. Sobald jedoch die Schleimhäute der Eidechse mit Eiskristallen in Berührung kämen, erstarre ihr Corpus innerhalb weniger Stunden zu Eis. Das wäre wohl bei diesem Exemplar geschehen. Dennoch seien Reptilien wechselwarme Tiere, die einzufrieren gewohnt seien, so wie er, der kleine Junge, es gewohnt sei, jeden Abend mit seinem Strohpferd schlafen zu gehen. Daher könne sie noch leben.

»Sie kann noch leben?« fragte mein Vater.

»Es kommt darauf an, wie rasch die Temperatur gesunken ist. Wenn es nicht zu schnell war, kannst du sie auftauen und mit ihr spielen.«

Der Apa machte eine Pause, hustete und spuckte Blut, und einer der Russen befahl ihm und den anderen Männern aufzustehen. Höhnisch hingeworfene Spaten mußten sie aufheben.

Der Apa gehorchte.

Dann hörte er, wie sein Enkel hickste, und als er sich umdrehte, stand der Kleine da, zwei Schritte vor ihm, die Eidechse unter den Mantel geschoben, um sie schleunigst zu wärmen.

»Wenn du Schluckauf hast«, sagte der Apa, und es war

das letzte, was er in seinem Leben sagte, »mußt du in eine Papiertüte blasen und sie dir auf den Kopf setzen. Das hilft.«

Wieder machte der Apa eine Pause, hustete erneut und begann, unter dem Gesang der sich betrinkenden Russen sein eigenes Grab zu schaufeln.

Am Ende legte er den Spaten beiseite, sehr sorgfältig, in einem Winkel, von dem man ihn bequem würde wieder aufheben können.

Und der Alte atmete noch einmal aus, und der Junge sah zu.

Und während er zusah, wußte er genau, wie Apas Atem sich anfühlte. Seine Kinderhaut erinnerte sich des Atems, und diese letzte Atemwolke stieg als Bild in seine offenen, geröteten Augen, denen man bis auf den grünen Grund sehen konnte.

Die Rote Armee, inzwischen glucksend nur noch und aus trunkenen Maschinenpistolen bestehend, mähte die alten Männer wahllos nieder. Sie stöhnten noch, als sie in die niedrigen Gruben fielen. Ihre Frauen und Töchter mußten das bißchen Erde über sie schütten, das die Männer aus dem harten Boden hatten kratzen können.

Es dauerte nicht lange.

Aber als sie fertig waren und die Erde über den Erschossenen lag, da bewegte sich diese Erde, weil sie immer noch nicht gestorben waren, die alten Männer, und weil ihre durchsiebten Lungen Luft begehrten, und wie ein flaches Gewässer, über das der Wind kämmt, warf die Erde kurze, kleine Wellen auf, die immer größer wurden.

Da jagten die Soldaten die Kinder auf die Erde. Und sie mußten ihre Schuhe ausziehen und barfuß dieses schwankende, gläserne bißchen Erde zerstampfen, bis es still dalag, braun und rot, inmitten der Schneewüste. Und es sah aus, als würden die Kinder tanzen, als würden sie Ameisen zertreten oder auf Scherben tanzen, so sah es aus.

Und der kleine Junge, mein Vater, während er dies tat und ein-, zweimal auf warmes Fleisch stieß, ließ die gefrorene, ihm so gut erklärte Eidechse nicht los. Er umklammerte sie, taute sie an seiner nackten Brust, nah seines Zwerchfells, das immer wieder aufzuckte, sein ganzes Leben.

— 26 —

Ein Donner. Schon ziemlich nah. Fast unter der Haut.

Ich wühlte mich durch die Schwachmatenmeute. Ansgars Tennisfreunde, Jungunternehmerfreunde, Freunde-des-Zements-Freunde, Hastenichtgesehnfreunde und dazwischen aufgeblasene Ungeheuerwichtigs, das waren die Fernsehfreunde der Braut.

Böen zogen vom Kolgensee herüber, versprachen Stürme und Wolkenbrüche, saugten den Nebel in die Höhe, wo er sich zu schwerem Kaliber türmte. Kleine, blumenkohlartige Nebelreste klammerten sich an die Band, die ihr Equipment auf dem Blut-und-Boden-Mosaik verteilt hatte.

Ein Tusch wurde geblasen. Dann sah ich, wie mein Vater die kleine Bühne betrat, jenes kunstvoll verlegte Grabsteinpflaster unserer Vorfahren, auf dem die Musiker fröstelten.

In Marie-Lous Glamour habe ich einmal geschrieben, daß die Schuhe das wichtigste Kleidungsstück des Mannes seien. Das stimmt. Es wäre besser, auf Socken durchs Leben zu gehen, als sich zum Beispiel durch Nike-Runner zu bestrafen. Und mein Vater trägt immer nur das Beste.

Ich sah, daß er sich an diesem Abend für schwarze Brogues entschieden hatte. Für nichts weiter hatte ich einen Blick als für die Brogues meines Vaters. Ich mußte an vielen

186

fremden Beinen, an verschiedenen Leibern und unvorher-
sehbaren Gesten vorbeispähen, um sie nicht aus den Augen zu verlieren. Ich starrte sie an wie Särge. Ich dachte an
die Füße, jene Füße vor über fünfzig Jahren, die in diesem
Augenblick immer noch dieselben Füße waren, da sie,
umhüllt von Oxfordsocken und weichem, handgenähten
Kalbsleder, meines Vaters Knochen aufrecht hielten, seine
Wirbelsäule ausbalancierten, den Beckengürtel in eine be-
queme Neige schoben, denn all das tun unsere Füße, bis
wir sterben. Mein Vater sprach, aber ich hörte seine Worte
kaum, konnte ihm nicht ins Gesicht sehen, verfolgte jede
Bewegung seiner Schuhe, wie sie über die Grabsteine
schliffen, wie sich das Leder zusammenfaltete beim Wip-
pen, wie plötzlich einer der Brogues sich an den anderen
schmiegte, um kurz darauf weit entfernt Position zu be-
ziehen.

Durch meine Tränen hindurch tauchten plötzlich ein dritter
und dann ein vierter Schuh auf und verharrten auf meiner
Netzhaut. Es waren Monkstraps. Doch von den Schnallen
abgesehen glichen sie den Brogues meines Vaters bis auf
die Naht.

Ich blickte auf und sah Ansgar, wie er neben Papa stand,
stolz und leuchtend, in dunklem Brioni. An seiner Seite
lachte Fernsehbabs, in einem rotkarierten Kleid, durch das
der Wind knatterte. Ihre Schuhe mußte ich nicht sehen. Ich
wußte auch so, daß sie keinen Kontakt mehr zum Boden
hatten. Babs schwebte.

Und mein Vater bekam Schluckauf.

Und während ich diese Menschen betrachtete und sie in
ein Verhältnis zu setzen suchte zu all meinen eigenen ver-

geblichen Aufschwüngen, wurde ich nur gewahr, wie knapp unser Dasein doch ins Sichtbare ragt. Ein Paar Schuhe, oder zwei oder drei Paar Schuhe, das ist alles, was man von uns sieht. Und was von uns bleibt: etwas Vorgefertigtes, das auf eine bestimmte Weise getragen wurde. Und obwohl ich mein blaues Buch fast auswendig kenne, hat mich kein Satz daraus so gerührt wie der Anblick all dieser Schuhe um mich herum, die doch auch nichts anderes ausdrückten.

Ich beschloß, mich davonzumachen, mich vom Acker zu machen, mich zu verdünnisieren, sofort, ohne meine Familie weiter zu belästigen mit Fragen, die doch nur immer neue Fragen hervorrufen. Ich wollte sie dort feiern lassen, wollte ihnen das Glück nicht nehmen, und während ich dies dachte, wurde mir bewußt, wie sehr ich ihnen ihre paar Gramm Glück genommen hatte in den letzten Wochen. Vielleicht ist das meine Aufgabe in diesem Haufen, ihnen das Glück aus den Knochen zu saugen, das sie sich anmaßen, erschleichen, rauben, unredlich erwerben, seit Hunderten von Jahren schon. Doch gibt es eine andere Art Glück? Gibt es Glück auf eigene Rechnung?

Ich drehte mich weg. Der Sturm wurde stärker. Mit Kartoffelsalat gefüllte Pappteller wehten an mir vorüber, die in Büschen und Nerzmänteln hängenblieben. Ich suchte nach Zitrone und Charlotte, konnte sie unter den Gästen aber nicht ausmachen. Schade, daß die Band kein Klavier hatte, sonst hätte meine Tochter sie verdammt auf Trab gehalten. Und ich hätte gewußt, wo sie ist.

Ein Blitz erhellte den See. Jemand griff mich am Arm.

»Ach, hier sind Sie!«

Es war Papas Chauffeur. Er wartete, bis der Donner über uns hinweggerollt war, bevor er weitersprach.

»Frau von Solm hat mich gebeten, Sie zum Bahnhof zu bringen!«

Ich erklärte ihm, daß ich noch jemanden suchte und daß wir es vorzögen, danach ein Taxi zu nehmen.

»Frau von Solm hat aber gesagt, Sie sollen kein Taxi nehmen!«

Ich starrte ihn an. Dann zeigte ich ihm den bleischweren Himmel, mahnte an das Pochen des Universums, wo seit ein paar Jahrzehnten der Gesang der Buckelwale in Voyager-Raumkapseln unterwegs ist, um von fremden Zivilisationen gehört zu werden, und ich sagte ihm, daß er, der Chauffeur, nicht begreife, was mit seinen Mitmenschen los sei, und daher müsse er ein Taxi als das nehmen, was ein Taxi sei, eine traurige, unabänderliche Melodie, die er nachsingen solle.

»Wollen Sie mich verarschen?« fragte der Chauffeur.

Ein Tropfen fiel ihm auf die Unterlippe. Er wischte ihn weg wie Erbrochenes, gerade als die Wolken über uns zerschellten. Wir wurden angespuckt vom Regen, der mit Plötzlichkeit über uns herfiel, wie ein Schwarm zerplatzender Insekten. Es war der unmittelbarste, härteste, reinste Regen, den man sich denken kann, viel zu kühl für einen Sommerregen. Er peitschte in massiven Fronten über den Garten, erstickte meines Vaters Rede, knallte gegen die Musiker, tropfte von Instrumenten, brachte Regenschirme hervor, die überall aufschossen. Auch der Chauffeur hielt plötzlich einen gelben Knirps in der Hand, den er von irgendwo hervorgezaubert hatte. Einem devoten Impuls folgend, bog er sich zu mir herüber, beschirmte mich, wurde dabei selbst durchnäßt, die Augen vor Wut ganz klamm.

Ich ließ ihn stehen. Lief. Erreichte eine Eibe, unter die sich mit mir eine Ansammlung Schnaken rettete. Sie bebten vor meinen Augen. Seltsame geometrische Pulsierungen, durch die hindurch ich nach Charlotte spähte.

Aber keine Spur. Nur eine Wand aus Regen. Dazwischen geduckt rennende, kreischende Menschen.

Mein Vater zog sich unter die große Plane zurück, die notdürftig das Blut-und-Boden-Mosaik überspannte. Seine Silhouette setzte die Ansprache fort. Angesichts des Wolkenbruchs bemerkte ich seine Unfähigkeit, vorgefertigte Gesten spontan zu ändern. Ansgar und Fernsehbabs wurden aufgesaugt von den Gästen und Musikern, die sich ebenfalls unter die Plane drängten, eng aneinandergeschmiegt. Sie umringten Gebhard, schienen ihm zu lauschen, wie auch Schafe zu lauschen scheinen, wenn sie nicht fliehen oder grasen.

Die Schnaken hatten mich in ihre Mitte genommen, umtänzelten meine Ohren, in denen sie trockene Wärme vermuteten. Über ihrem Gesumm hörte ich Rauschen, das rasch näher kam.

Es war ein Wagen, der die überflutete Einfahrt herunterpflügte. In den Kegeln seiner Scheinwerfer stoben Leute auseinander. Ein herrenloser Regenschirm wurde vom Kotflügel erfaßt, emporgestoßen und über die Windschutzscheibe geschleudert, so daß er zwei hageren Männern vom Sicherheitsdienst entgegenflog, die dem Auto hinterherrannten. Als sie es schließlich eingeholt hatten, parkte es vor unserem chinesischen Hauseingang. Mitten in einer Pfütze. Ein silberner Golf. Die Motorhaube dampfend.

Vor der Villa wurden Köpfe gereckt, die nichts weiter als Neugier ausdrückten. Die Wachleute blieben neben der Pfütze stehen, ihre Tiefe fürchtend, und schrien den Golf an.

Ein junger, gedrungener Mann stieg aus, watete um den Wagen herum, ohne sich um das Geschrei oder das Unwetter zu kümmern. Er öffnete die Beifahrertür.

Meine Mutter schwappte heraus und fiel in den Regen.

Ich erkannte sie daran, daß sie nicht wieder aufstand.

Ich setzte mich in Marsch. Als ich unten war und die Leute wegschob, kniete Zitrone bereits neben Mama. Sie hatte sie unter einen Baldachin geschoben, der Gebäck und Sektpaletten schützte. Käthes Kopf wurde von einem Tablett Kaviarschnittchen umkränzt. Zitrone befahl ihr, ruhig und gleichmäßig zu atmen. Sie sagte, daß alles gut sei, und schlug ihr ins Gesicht. Meine Mutter lachte. Ihre Hand schrieb Kapriolen ins Nichts.

Mein Blick fiel auf den jungen Mann, der sich seitab mit den beiden Wachleuten stritt. Einer der Männer, ein kantiger Kommiß-Typ, stieß ihn vor die Brust. Er bellte ihn an, was ihm einfiele. Hier einzudringen. Ohne Einladung. Einfach weiterzufahren.

»Gegen die Order!« brüllte er.

Der junge Mann steckte in einem keuschen Sakko aus feinem Zwirn, das zu tropfen begann. Er hatte eine Art, sich zu wehren, die mir seltsam vertraut vorkam. Als ich in sein Gesicht sah, war es wie ein Wink aus Nischen deines Gehirns, die du seit deiner Geburt nicht mehr betreten hast.

Denn obwohl das Gesicht einen Anflug von Panik verströmte, ähnelte es dem seines Vaters so sehr, daß ich mir plötzlich wie in den Fünfzigern vorkam. Der Regen war Jazz, und die Bäume trompeteten existentialistisch.

Ich schritt zu den Wachleuten.

»Sie können gehen. Danke. Es ist in Ordnung.«

»Wer sind Sie denn?«

»Der Sohn des Hauses.«

»Der steht dort drüben«, murrte der Kantige und zeigte zu der Herde, in der er Ansgar vermutete.

»Ich bin der andere«, sagte ich.

Der Mann musterte mich. Sein Blick glitt meinen durchtränkten Rock herab, an dessen Saum Schlamm klebte.

»Sie sind ein Bruder vom Junior?«

»Genau.«

»Wußte nicht, daß er'n Bruder hat. Und wer ist das hier?«

»Das ist noch ein Bruder«, sagte ich.

— 27 —

Er rieb sich mit den Fingern über das Brustbein. Ich merkte gar nicht, wie lange seine andere Hand in meiner lag. Vermutlich nicht lange. Nicht länger als es dauert zwischen Fremden.

»Ich heiße Dirk«, sagte er.

»Jesko«, sagte ich.

»Ich weiß.«

Er lächelte ein zerrissenes Lächeln. Der Regen akupunktierte es mit feinen, flüchtigen Nadeln, die von seinen Lippen fielen.

Er ließ das Brustbein los. Beide Hände schlenkerten gefäustelt neben seinen Knien. Er senkte den Blick.

»Ich habe gehört, du brauchst einen Spender.«

Meine Mutter versuchte sich aufzurichten. Aber Zitrone hielt sie fest, drückte sie zu den Kaviarschnitten zurück, maß ihren Puls.

Der Wachmann stapfte hoch zum Junior, um ihm von seinen zwei Brüdern zu berichten. Um uns herum das Strömen der Welt.

»Was ist passiert? Wie kommst du hierher?« fragte ich.

Dirk trat näher. Sprach, als dürfe er nicht sprechen. Berichtete von meiner Mutter Käthe, die zu seiner Mutter Renate gefahren sei (Böcklchens Briefe, dachte ich), zu ihr gefahren sei in einem gestohlenen Wagen, wie sich herausstellte. Dort habe sie auch ihn getroffen, wie der Zufall so spielt, und ihn nach Schilderung der ganzen Umstände überzeugen können, sich sofort hierher in Bewegung zu setzen.

Leider habe er Käthe nicht davon abhalten können, während der Fahrt zwei Flaschen Whisky zu trinken.

»Zwei Flaschen?«

»Oder drei.«

Ein Ast brach. Fiel von der Eibe, unter der ich kurz zuvor gestanden hatte.

Ich drehte mich zu Dirk und zeigte ihm seinen Vater.

Gebhard war mit seiner Rede noch nicht fertig. Er stand leicht erhöht – vielleicht unter Zuhilfenahme eines Stuhles – in der Keimschicht seiner Gäste, umtost von den Elementen, die an der Plane über seinem Kopf rüttelten. Ich bemerkte sein unwilliges Zucken, als der Wachmann ihn endlich erreichte und ihm etwas zuflüsterte.

Gebhard blickte zu uns herunter.

Sein Mund öffnete sich noch einmal, als er Dirk sah.

Er sah ihn wirklich.

Dann blieb der Mund zu.

Soviel konnte ich erkennen, daß der Mund zublieb, und daß Dirk gesehen wurde, obwohl es nur der undeutliche Schattenriß meines Vaters war, der sich vor einer Lichtgirlande abzeichnete, fünfzig Meter entfernt.

Erst lachten die Leute. Sie dachten, es wäre Teil von Gebhards Rede, sie abrupt und überraschend zu unterbrechen. Doch dann alterte er schnell. So schnell, daß Ansgar neben ihm auftauchte, ihm das Hemd aufriß, ihn auffing, als er zusammensackte. Selbst ich hörte, daß Fernsehbabs zu schreien begann. Sicher war es nicht das, was sie sich unter einer Verlobung vorgestellt hatte.

Dirk lief hinüber.

»Jesko, hilf mir!«

Die Worte erreichten mich erst, als sie wiederholt wurden, einsam, zart, nachdrücklich. Zitrone kauerte unter dem Baldachin. Nichts hätte nackter sein können als dieses Kauern. Ihre Augen winkten mich heran. Immer noch hielt sie das Handgelenk meiner Mutter, wie einen Papierflieger.

Sie sah ungewöhnlich ernst aus. Sie verlangte einen Arzt, der einzige Arzt (sieh an, Professor Freundlieb) kümmerte sich um meinen Vater.

»Ich rufe die Ambulanz. Sie kollabiert!«

»Was heißt das?«

»Schwere Alkoholvergiftung.«

Zitrone stand auf, suchte ein Telefon.

Ich war, inmitten von Menschen, mit meiner Mutter allein. Ich kniete mich zu ihr. Wasser sammelte sich hinter ihrem Nacken. Ich schöpfte es weg. Sie keuchte. Wie einem Engel, der heimlich lacht, krümmte das Keuchen ihre Lippen. Als auch ich ihr Handgelenk hob, um ihren Puls zu fühlen, war es schwer wie Stein. Ich spürte auch keinen Puls. Kalter, glitschiger Stein. Alles an ihr. Eine gestürzte ägyptische Statue. Die Insignien herausgebrochen. Eingemeißelt am Sockel ihr Name, in einer Schrift, die niemand mehr lesen kann.

Ich sah sie an. Ich weiß nicht, wie lange.

Doch merkte ich erst, daß Mama starb, als sie es mir sagte. Sie lag vor mir, sie sagte: »Ich sterbe«, und diese Worte, so oft schon von ihr benutzt zur Schilderung ihres Allgemeinbefindens, sprach sie wie Zahlen aus. Ich tätschelte ihre steinerne Hand, beruhigte sie.

Zitrone rief, ich solle ununterbrochen mit ihr reden. Sie war ganz hektisch und telefonierte per Handy mit der Leitstelle.

»Wer bin ich?« fragte Mama.

Ich sagte ihr, sie sei eine große Schauspielerin, eine der größten der Welt. Sie fing an zu lächeln. Und eine bekannte Ballerina sei sie auch, fuhr ich fort, und sie habe wunderschöne Häuser in der Toskana gebaut, als Architektin. Wo bleibt der Krankenwagen, schrie ich, und ich sagte, Mama, du gehörst zu den berühmtesten Opernsängerinnen der westlichen Hemisphäre, deine Tourneen haben dir phänomenale Erfolge gebracht, obwohl du die gar nicht nötig hast, wirklich nicht. Der Wagen kam nicht und mir stiegen die Tränen hoch, und ich sagte, was für eine Spionin sei sie doch gewesen, die wundersamsten Geheimnisse hätte sie verraten, und die erste deutsche Astronautin sei sie gewesen, und Miß Universum, zweimal, und ich hätte ihr gerne eines ihrer Lieder gesungen, ihre alten, plattdeutschen Lieder, aber alles, alles war wie weggeblasen, und so sagte ich nur leise, außerdem sei sie meine Mutter.

»Ach, Junge«, sagte Mama, »jetzt übertreibste aber!«

Und dann war sie tot.

Es hörte nicht auf zu regnen. Ein bösartiger, fast winterlicher Regen.

Der Krankenwagen fuhr mit Papa und mit Mama fort.

Die Sanitäter waren benebelt von den Alkoholausdünstungen meiner Mutter, die die Luft im Wagen sättigten.

Die Männer kicherten trunken, ohne zu wissen, daß der Herz-Kreislauf-Patient, von ihnen kursorisch mit reinem Sauerstoff beatmet, dereinst mit der Verstorbenen verheiratet war, die auf der Hebebahre unter einem grünen Tuch lag.

Zitrone war nicht mehr fähig, es ihnen zu sagen, und ich lag heulend im Gras.

Auf diesem letzten gemeinsamen Weg, der den Rauch ihrer Seelen verwirbelte, wurden sie von einem Planetensterben begleitet, das unser Weltall in ein Feuerwerk verwandelte, hoch über dem Gewitter, das uns alle fortzuspülen drohte, und einige Tage später war zu lesen, daß sämtliche Sternwarten des Nordens Sonderschichten eingelegt hatten.

— 28 —

Das größte Hindernis des Lebens ist die Erwartung, die vom Morgen abhängt. Du verlierst den heutigen Tag; was in der Hand des Schicksals liegt, ordnest du, was in der deinigen, lässest du fahren. Wohin richtest du deine Blicke, wohin deine Gedanken? Alles, was kommen wird, steht unsicher; lebe für die Gegenwart.

Aus dem Mund eines alten Christen klangen Senecas Worte recht bibelfest, wahrscheinlich deshalb hatte sich der verschmitzte Pastor darauf eingelassen.

Er versammelte uns während der Beerdigung vor Mamas offenem Grab, das überwölbt war von einem grauen, neuralgischen Vormittag. Es lag auf einem freundlichen Hügel, hatte ein paar bemooste Dr. jur. und Dr.med. zu Nachbarn, und Papa hatte einen Stein aus echtem Tuff spendiert.

Eine neue Milde strömte von ihm aus, die Fahrt mit Mamas Leiche und den ihr zuprostenden Sanitätern hatte Spuren hinterlassen, und das Hereinbrechen der Vergangenheit ebenso. Er warf ein paar Blumen in die Grube, hickste und stiefelte davon. Stiefi betete mit sichtlicher Inbrunst, sie als Katholikin war natürlich mehr Brimborium gewohnt. Khomeini und Saddam spielten im Hintergrund Fangeles, wie man in Mannheim sagt.

Ansgar und seine Freundin, Charlotte und Mara, Zitrone,

ich, wir blickten auf den Sarg hinab, in dessen Politur sich die Wolken spiegelten. Charlotte warf ein kleines Bärchen hinunter, aber dann tat es ihr doch leid, als sie sah, wie das arme Bärchen von der Erde überschüttet wurde, bis es bestimmt keine Luft mehr bekam.

Nach der Zeremonie ließ ich mich etwas abseits nieder. Ansgar kam herüber und legte sich neben mich. Über uns lauerte der Herbst, in den Bäumen, in der Luft.

»Ich habe gehört, mit Dirk hat es geklappt?«

»Vermutlich.«

»Wann ist die Operation?«

»Nächsten Freitag.«

»Wie sind die Chancen?«

»Siebzig Prozent.«

»Sauber. Ich wünsch dir viel Glück.«

»Danke. Wie läuft es mit deiner Neuen?«

»Achtzig Prozent.«

»Das heißt, du mußt sie nicht oft schlagen?«

Er lächelte schmerzlich. Dann rückte er näher, und wir lagen da wie früher, einer in des anderen Arm. Aber er war zu mir gekommen, und mir schien es eine Bedeutung zu haben.

Wir sahen beide zu Zitrone, die hinter einer Weide mit Mara sprach. Einmal sah sie zu uns herüber, ein gondelförmiges Lächeln wagend, und sie hob die Hand zu einem verstohlenen Winken, wir winkten beide zurück.

»Du bist ein Glückspilz, Jesko«, seufzte mein Bruder, »das warst du schon immer. Weißt du noch, dein Schädelbasisbruch?«

Ich nickte versonnen.

Ein Starfighter zerschnitt die Wolken, gefolgt von einem zweiten Flieger, sie sahen aus wie im Liebesspiel.

Und das Leben glich den Kondensstreifen am Himmel, die in alle Richtungen verblaßten.

ENDE